Eugenie Kain

# Flüsterlieder

Eugenie Kain

# Flüsterlieder

Erzählung

OTTO MÜLLER VERLAG

„If I took you darling
to the caverns of my heart
would you light the lamp dear
and see fish without eyes
bats with their heads hanging down toward the ground
would you still come around?“

*Laura Veirs „Spelunking“*

Du mußt jetzt schlafen. Laß die Hand
Mir noch, dann ist mir nicht so bang.
Nun ist es völlig still; die Wand
Ist finster und die Nacht noch lang.

*Theodor Kramer*
*„Laß mir ein wenig noch die Hand“*

ISBN 3-7013-1112-9


Satz: Media Design: Rizner.at, Salzburg
Umschlaggestaltung: Ulli Leikermoser, Salzburg
Druck und Bindung: Druckerei Theiss GmbH, A-9431 St. Stefan

# *Schluckloch*

Die Schwester sah ihr im Nachtlicht des Ganges entgegen. Die Hände ließ sie in den Kitteltaschen und nickte ihr nur zu. Kurz. Es war ihr recht. Sie vermied es, der Schwester ins Gesicht zu sehen. Weitergehen, dachte sie. Ihre Schatten glitten auf dem schimmernden Bodenbelag voraus.

Zuletzt waren sie wieder am See gewesen. An die Lichter der Stadt gewöhnt, waren sie erst nach dem Mittagessen aufgebrochen. Sie hatten nicht an das Gebirge gedacht. Der See war zugefroren. Im Schnee war ein schmaler Weg gespurt. Sie mussten hintereinander gehen. Der Gletscher leuchtete. Der Felskamm und die Wände glosten. Dann brach das Licht und es wurde still. Sie kehrten nicht um. Sie blieben auf ihrem Weg um den See. Aus dem Fels wuchs das Eis. Rund und glatt überzog es den Stein, in armdicken Zapfen drängte es sich an Überhängen. Der See ist ein Speichersee. Im Winter wird sein Spiegel gesenkt. Sie warfen Eiszapfen auf die Eisdecke unter ihnen. Beim Aufprall begann das Eis zu klingen. Ein Summen flog über den See wie ein flacher Stein. Das Eis sang und sie standen da und horchten und konnten nicht genug bekommen von diesen Tönen. Am Himmel hatten sich Orion und der Fuhrmann niedergelassen, als sie durchfroren und steif den Ausgangspunkt erreichten. Jetzt hatten die Kinder einen Wunsch offen. Die Kinder jubelten, als sie über den vereisten Asphalt des leeren Parkplatzes schlitterten. Er gab wieder Gas und zog die Handbremse. Ihr war nicht wohl dabei, aber sie schwieg. Sie waren schon lange nicht mehr so ausgelassen gewesen. Sie hielt sich fest, und während sich das Auto vor der dunklen Seilbahnstation drehte und drehte und drehte, konzentrierte sie sich auf den Gesang des Eises am See. Der Klang war bei ihr geblieben. Manchmal überlagerten ihn die Geräusche der täglichen Verpflichtungen. Aber er war da. Als sie mit der Schwester durch das Nachtlicht ging, füllte er den Gang aus und sie trat vorsichtig auf, um nicht einzubrechen.

Vor dem Zimmer Nummer 4 blieb sie stehen. Aber die Schwester ging weiter und öffnete eine Tür auf der anderen Seite des Ganges. Zusammengeklappte Rollstühle standen in dem Raum, Besen, Kübel, fahrbare Ständer für Infusionsflaschen. Und in der Mitte stand das Bett. Seitlich waren jetzt Gitter angebracht. Um das Kinn hatte man ihm ein weißes Tuch gebunden. Die Augen waren geschlossen, die Hände über der Bettdecke gefaltet.

– Warum haben Sie mich nicht früher angerufen?

– Hat Tagdienst nicht gemacht.

Die Schwester sprach mit Akzent. Ein schwer verständliches Deutsch. Wortbrocken formierten sich, aber es blieb offen, ob sie zu einem Fragesatz zusammenkommen wollten oder zu einer Behauptung. Hat Tagdienst nicht gemacht, wiederholte die Schwester. Sie sahen sich an. Es war ein Glück, dass die Schwester nicht besser Deutsch konnte. Sonst hätte sie fragen müssen, ob sie ihn vorher in den Abstellraum geschoben hatten oder nachher, ob er seine Ruhe haben wollte oder sie. Und ob sie allen Menschen die Hände falten, auch denen, die ohne Bekenntnis sind. Und sie hätte sie fragen müssen, wie er gestorben war, während sie daheim Zwiebeln schnitt, Nudeln abseihte und ihr das Essen nicht schmeckte, weil das Kochen immer seine Sache war. Sie hätte sie fragen müssen, ob er nach ihnen verlangt hatte, während sie den Tisch abräumte und Geschirr abwusch und noch einmal das Kind bewundern musste. Es hatte sich als Schaf verkleidet. Dieser Tag war anders. Er war herausgenommen aus dem vorgegebenen Rhythmus der Besuchszeiten. Es war Fasching und das Kind von einem Kostümfest abzuholen. Außerdem gab es Arbeit, die liegen geblieben war. Sie ging ihr nicht von der Hand. Sie schrieb einen Brief und horchte auf das Brausen der Stadt. Draußen zog die Kälte an. Im Hof lachten Stimmen, dann fiel eine Tür.

Sie würden wieder kommen, bei den Nachbarn schräg gegenüber wurde in der Wohnung nicht geraucht. Das Telefon läutete. Eine Frauenstimme nannte seinen Namen. Fragte nach der Ehefrau. Der Gefährtin. Eben ist er gestorben. Wenn sie ihn noch sehen will, muss sie kommen. Sofort. Sie hatte nichts gespürt. Warum haben Sie mich nicht früher verständigt? Sie sah die Schwester an. Von ihr war keine Antwort zu erwarten. Es war gut so. Eine Antwort hätte nichts geändert. Hier konnte sie nicht umkehren und es war nichts rückgängig zu machen.

Die Schwester schob ihr einen Rollstuhl ans Bett. Seine Gesichtszüge wirkten gelöst. Er war noch warm und weich. Aber es war nicht mehr sein Gesicht. Es war das lächerliche Antlitz des Todes, das geblieben war. Die Karikatur eines Schmerzensmannes. Der Tod als Zahnweh verkleidet, über dem linken Ohr die verknoteten Zipfel einer Baumwollwindel.

Sie saß da, hielt seine Hand und hatte nicht viel Gedanken. Im Herbst war der Gießkannenkopf in die Regentonne gefallen. Augen und Mund schaukelten in sanften Kreisen an den Tonnenrand, bis sich das Gesicht glättete und der Himmel darüber innehielt. Am Grund der Tonne schwebte Laub in braunen Wolken. Dann schwamm sein Gesicht neben ihrem. Sie griff ins Wasser. Die Gesichter lösten sich auf und waren eins.

Warum hatte er nicht gewartet? Warum gerade heute und ohne Abschied? Der angenehme Gedanke war, dass er den Zeitpunkt selbst gewählt hatte und allein sein wollte dabei. Die unangenehmen Gedanken überwogen. Sie bewegten sich in konzentrischen Kreisen an einen Rand hin und verebbten nicht. Alle wussten, dass es ernst war. Dass es mit dem Heimkommen diesmal dauern würde. Bei Morphium sind die Vorschriften streng. Man müsste viel mehr Leute kennen. Er blieb auf der Männerstation der Lunge II, ein zusätzlich hineingeschobenes Bett auf Zimmer 4 mit mürrischen Männern, die ihre Diagnose eben erst erhalten hatten oder noch darauf warteten. Am Anfang ist vieles offen. Am Offenen halten sie sich fest. Das ist schwierig, wenn es im fünften Bett im Zimmer ganz offen dem Ende zugeht. Es war ein Glück, dass die Schwester kaum Deutsch sprach. Es war ein Glück, dass sie mit den Ärzten nicht viel zu tun hatte. Das war seine Sache. Er bestand darauf. Sie misstraute der Sprache der Ärzte. Sie misstrauten ihr. Sind Sie eine Angehörige? Von Anfang an wurde Verdacht ausgesprochen. Der Verdacht erhärtete sich dann. Das verdichtete Gewebe war keine Tuberkulose, das Rezidiv bestätigte sich und die Filialisierung. Zwischen den

Kontrollterminen drei Monate Atempause. Dann wieder ein Verdacht und eine Schreckensnachricht. Jetzt schauen auch aus dem zweiten Lungenflügel kleine Krebsaugen heraus, erklärte er dem Kind. Wir werden sehen, ob sie sich verscheuchen lassen.

Drei Jahre hatten sie mit der Krankheit gelebt. Nie hatten sie über den Tod gesprochen. Gestorben waren die anderen. Gestorben wurde viel. Das Krankenhaus hat ein großes Einzugsgebiet. Auch von den umliegenden Landgemeinden werden Patienten aufgenommen. Herr Kern ging ins Spital, weil er Magenschmerzen hatte, und landete auf Lunge II. Dort lag er und bekam nur an den Wochenenden Besuch. Ein Postbus-Chauffeur mit drei Kühen im Stall. Man wollte ihm nicht sagen, wie es um ihn stand. Die Befunde sind nicht eindeutig, sagten die Ärzte, neue Untersuchungen notwendig. Die Kinder wussten es und sagten nichts, die Frau wusste es und schwieg und weinte auf dem Gang. In Zimmer 4 waren die Männer sofort per du. Karl, Franz und Sepp, und auch ihn nannten sie beim Vornamen. Was glaubst du, was sie finden, fragte Herr Kern, dem die Grießsuppe nicht schmecken wollte und nicht das Zwiebelfleisch und auch nicht der Bröselkarfiol. Herr Kern hatte Fieber und spuckte Blut. Bei den chronisch

Kranken war man mit der Besuchszeit nicht so streng. Angehörige durften früher kommen und länger bleiben. Herr Kern wartete auf seine Befunde. Es war ihm ein Rätsel, dass das so lange dauerte. Er konzentrierte sich auf andere Rätsel. Blass, schwer atmend und in schlotternder Trainingshose suchte er nach Worten. Sie hatten drei, fünf, manchmal acht und zwölf Buchstaben. Als ihn die Kameraden von der Freiwilligen Feuerwehr besuchen kamen, legte er das Kreuzworträtsel aus der Hand. Sie waren mit dem Einsatzfahrzeug vorgefahren und hatten Bier gebracht. Bier für alle und am Schwesternzimmer vorbei. Und Nachrichten von daheim, die Herrn Kern das Rot in die Wangen trieben. Seilwindenbergung auf der Bundesstraße, Öleinsatz auf der Donau, Kellerbrand, Gruppenübung. Eine gut gelaunte Mannschaft prostete den Kranken zu, die sich schmal machten auf ihren Betten, damit alle sitzen konnten. Sie reichten Herrn Kern die geöffnete Bierflasche ans Bett. Der Infusionsschlauch schränkte seinen Bewegungsradius ein. Du wirst sehen, sagten sie zu ihm, bald sitzt du wieder im TLF A – 4000. Das Tanklöschfahrzeug, hüstelte Herr Kern später in das Keuchen des Zimmers, hat 4000 Liter Wasser im Tank und verlässt als zweites Fahrzeug die Zentrale. Herr Kern musste auf seine Befunde nicht länger warten. Gegen Morgen hielt das Kommandofahrzeug an seinem Bett. Das KDO, das im Brandfall als erstes Fahrzeug ausfährt, war gekommen, um ihn abzuholen.

Die Araber wissen, dass der Tod ein schwarzes Kamel ist, das niederkniet vor der Haustür, wenn es so weit ist. In den Heimen sprechen die Alten verstohlen vom *Qui Qui*, der sie holen kommt. Wer hatte ihn mitgenommen? Ein rostiger Donauschlepper auf dem Weg zum Schwarzen Meer? Oder der Rabe, der seit einer Woche vor dem Fenster hockte?

Das Fenster war gekippt. Sie öffnete es ganz. Draußen brummte ein Schacht. Dicke, silberne Lüftungsrohre wuchsen aus der Tiefe in einen Himmel, der im rosa Schein kaum zu sehen war. Der Himmel von Linz. Das Stahlwerk färbt die Nächte ein. Im Winter liegt ein dichter Schleier auf der Stadt. Die Sonne dahinter ist eine bleiche Scheibe und der Mond die Scherbe eines blinden Spiegels. Das Licht ist gekörnt wie die Luft, die die Hälse aufraut und in den Lungen rasselt.

Es muss doch noch einen anderen Himmel geben für uns, dachte sie.

Der Schacht setzte sich in Bewegung. Der Boden gab nach, die Lüftungsrohre bebten. Sie spürte den Sog und fand keinen Halt. Hinauf auf das Fensterbrett. Nur so verfliegt die Höhenangst. Aber wer hielt sie jetzt noch fest? Sie war nicht schwindelfrei. Deshalb hatten sie wenig gemeinsame Himmel. Er war ihr immer ein Stück voraus. Oder der Himmel blieb beiden verwehrt. Wie der Himmel über dem Toten Gebirge. Sie planten die Überquerung des Hochplateaus. Eine Wanderung, um sich nah zu sein zwischen den Dolinen über der Baumgrenze. Aber es schneite schon im September bis ins Tal. Im Jahr nach dem Schnee kam die Hitze und dann der Befund. Das Gebirge war unnahbar geworden. Oder der Himmel über dem Moldaublick. Die Wanderung führte zum Nordkamm am Rande des Böhmerwaldes. Der Sturm war in den Wald gefahren wie eine Sense. Es gab keine Markierungen mehr. Im Windbruch war der Weg verschwunden. Sie kämpften sich zwischen geköpften Stämmen über Fichtenwipfel und geborstenes, pechiges Holz und gingen dabei im Kreis. Die Aussichtswarte erreichten sie erst spät. Ein grün gestrichener Turm, ähnlich den Wachtürmen des Eisernen Vorhanges. Hallernde Stufen führen zu einer Plattform. Auf der anderen Seite der Grenze liegt der Stausee der Moldau zwischen stillen Hügeln. Er ging voran. Sie kam nicht weit. Der

Turm schwankte, die Erde drehte sich. Sie musste sich auf die Stufen setzen und klammerte sich an den Handlauf. Der Turm dröhnte vom Herzschlag, der von ihren Händen übersprang.

– Komm weiter.

– Ich kann nicht.

– Komm her. Ich halte dich.

– Es geht nicht.

– Ganz langsam. Versuch es.

– Ich kann nicht.

– Reiß dich zusammen. Es ist nichts dabei.

– Du hast keine Ahnung. Lass mich endlich in Ruhe.

Die Angst war neu und sie setzte sich fest. Dem Himmel kam sie nicht mehr nah. Sie gab nicht auf. Sie konzentrierte sich. Sie schaute nicht zurück und nicht hinunter. Sie packte die ihr entgegengestreckte Hand. Sie wusste um die Fehlleistung des Gehirns, das Höhen schlecht abschätzen kann. Sie wusste um die Fehlzündung des Schreckreflexes, der Panik auslöste, anstatt zur Vorsicht zu gemahnen. Es war ganz einfach. Wer nicht fliegen kann, hat Angst vor dem Abgrund. Es galt sich dieser Angst zu stellen. Aber da hatte jemand längst das Schwungrad angeworfen und die Zentrifugalkräfte drückten die Beine weg. Von Türmen kannte sie die Beschaffenheit der Stufen, den Verputz der Mauer, die Holzverstrebungen, aber nicht mehr den Blick auf das Land ringsum. Die Verwerfungen im Boden der Plattform prägte sie sich ein, Flussverläufe und Straßen entdeckte sie in der Struktur von Brüstungen. Oder sie schloss die Augen, bis die anderen genug gesehen hatten, und horchte auf das Brüllen des Blutes, denn hinunter gab es auch nur diesen Weg. Für sie auf allen vieren mit dem Rücken zum Licht oder im Sitzen. Ein würdeloser Anblick. Stufe um Stufe rutschte sie, über glatt polierte Stufen, über ausgetretene, über Stufen mit scharfen Kanten und über spröde, die Holzsplitter in Fingern und Sitzfleisch zurückließen. Mit verbundenen Augen wäre sie sich sicher gewesen. Holz, Marmor, Eisen, Kalkstein, Glas. Mit verbundenen Augen hätte sie anhand von Stufen, Handläufen und Brüstungen die Türme erkannt: Den Glockenturm von Split, den Turm der Ruine Ruttenstein, den Tour Montparnasse oder den Nordturm des Stephansdoms.

Schwere Stunden standen bevor. Dem Kind musste sie es sagen. Und es gab Kinder von anderen Frauen, Geschwister und die Mutter. Sie musste die Nachricht überbringen und an alles denken, was damit zusammenhing. An das Grab, das sie noch nicht hatten, an die Sterbeurkunde, die er brauchte, daran, dass bis zur Verabschiedung eine Einstellgebühr zu bezahlen war, an das Foto für die Todesanzeige, an den Nachruf, an den Leichenschmaus. An den Anzug, den sie ihm am Morgen bringen musste. Trägt ein Toter Krawatte? Und an die Zeit, die es danach geben würde, wie es auch eine Zeit vor der Krankheit gegeben hatte. Die Erinnerung daran war ausgebleicht. Sie hatten sich auf die Gegenwart konzentriert, ihr viel Licht und kräftige Farben gegeben, um sie nicht zu übersehen. Denn daneben lief das Leben weiter.

Sie arbeitete viel. Sie brauchten das Geld und die Arbeit lenkte ab. Es fiel ihr leicht, mit anderen Menschen ins Gespräch zu kommen. Sie erzählten ihr mehr als sonst. Vermutlich erkannten sie, dass sie ungeschützt war und wund, und spürten, dass von ihr keine Gefahr ausging. Zur Entlastung sprach sie in regelmäßigen Abständen mit einer Außenstehenden über die Arbeit. Sie ging gern in diese Praxis. Ein großes Fenster ging auf die alten Gärten an der Hinterseite der Häuser hinaus, die zu schattig geworden waren für Gemüsebeete, weil frühere Besitzer Lusthäuschen gezimmert hatten und Buchen und Tannen gepflanzt. In dieser Besprechung ging es um Zusammenarbeit. Draußen vor dem Fenster versuchte ein großer Vogel auf den kahlen Ästen einer Buche zu landen. Kaum hatte er sich niedergelassen, war ein Schwarm kleinerer Vögel um ihn, die ihn mit ihren Schnäbeln stießen. Der Vogel war groß und hatte weite Schwingen.

Er war zu groß für die Stadt und passte nicht ins Bild. Es musste eine Eule sein. Sie schien verletzt oder irritiert vom Tageslicht, denn sie wehrte sich nicht, und anstatt wegzufliegen, flatterte sie auf den nächstgelegenen Ast. Schließlich verschwand sie im tief herabhängenden Geäst einer Tanne. Der Vogelschwarm umkreiste den Baum, dann drehte er ab.

An sie war eine Frage gerichtet worden. Sie kehrte ins Zimmer zurück zu den warmen Erdfarben der Kelim-Teppiche an der Wand und zur Runde, deren Augen auf sie gerichtet waren.

– Ich bin ein Menschenfisch, sagte sie. In engen Gängen bekomme ich Herzrasen, ich bin nicht schwindelfrei und im Finstern verliere ich die Orientierung, das sind nicht die besten Voraussetzungen. Aber ich bin ein Menschenfisch.

– Kannst du uns bitte erklären, wie du das meinst?

Sie schwieg. Sie wollte nicht. Ihr war es selbst gerade klar geworden. Es war eine andere Sprache. Es war einfach, aber sie hätten sie nicht verstanden, weil sie nicht um Abgründe wussten und Engstellen. Wir haben oft kein Bild von der Zukunft, dachte sie, weil sie hinter einer Engstelle liegt. Es gilt, durch die Engstelle zu kommen und über die Abgründe dahinter.

Irgendwie werden wir auch das schaffen, sagte sie und strich über seine Hand. Sie spürte die Kälte, die steif aufgezogen war. Im selben Augenblick brach ihr das Wir weg. Stück um Stück krachten große Brocken in die Tiefe. Das Eis dröhnte. Die Rollstühle, Ständer und Flaschen vibrierten. Sie schaute sich zu. Allein saß sie da an einem Bett, an dem verchromte Gitter angebracht worden waren. Allein aber lag sie auch auf dem Rücken in lehmigem Wasser. Das war die Fortsetzung eines Traumes, aus dem sie vor kurzem schreiend aufgewacht war: Sie watete in einem Höhlenbach. Das Wasser ging ihr bis zur Brust. Vor ihr senkte sich die Decke. Auf den Knien versuchte sie vorwärts zu kommen. Die Decke senkte sich weiter. Es blieb nur mehr ein schmaler Spalt zwischen Wasser und Fels. Sie legte sich auf den Rücken, um Mund und Nase freizuhalten. Der Reißverschluss ihres Anzugs war nicht ganz geschlossen. Eisiges Wasser schwappte ihr beim Hals in den Ausschnitt und nahm ihr die Luft. Sie versuchte den Kopf zu heben. Der Fels über ihr gab nicht nach. Sie schlug sich die Stirn auf und die Nase. Das war also das Ersticken. Dann sah sie das Seil, das in dem Spalt verschwand.

– Nimm das Seil.

– Nein.

– Nimm das Seil und zieh dich daran in den Spalt.

– Ich kann das nicht.

– Nimm das Seil.

Sie griff nach dem Seil und hangelte sich daran in den Spalt hinein. Dann war sie im Siphon. Das Wasser war überall, schoss ihr in die Augen und in die Nase und brannte das Blut von der Stirn. Nur nicht den Mund aufmachen, dachte sie, sonst ist es aus. Im selben Moment hörte sie sich schreien.

Sie hörte sich schreien und wachte nass und fröstelnd auf.

Jetzt spuckte sie Lehmwasser. Der Strahl der Lampe tastete die Wände ab. Er blieb an einem ins Leere baumelnden, ausgefransten Seilstück hängen. Der Bach war verschwunden, nur das Rauschen hatte er zurückgelassen. Einen halben Meter über dem versinterten Boden klaffte ein Loch in der Wand. Der Ausgang. Einen anderen gab es nicht. Sie zwängte sich in den Schluf und kam bald nur mehr bäuchlings weiter. Eng in den feuchten Lehm gepresst, spürte sie die Felsdecke über ihr. Sie war so nah, dass sie den Kopf zu Seite drehen musste. Dann steckte sie fest. Beim Einatmen schloss sich der Fels um sie. Beim Ausatmen lockerte er seinen Griff. Auf nichts anderes mehr konzentrierte sie sich. Sie atmete aus, schob sich vor, holte Luft, atmete aus, bis sich die Klammer lockerte, und gewann ein paar Zentimeter. Das Licht flackerte.

Die Schwester war mit einem Formular zurückgekehrt. Sie gab ihr seinen Ring. Sie sollte unterschreiben, dass man ihr seine Wertgegenstände gegeben hatte.

– Uhr hat er nicht?

– Uhr hat er schon lange nicht mehr.

– Was hat er noch?

Was hat er noch? Einen neuen Zahn. Der hatte ihn viel Geld gekostet. Das zahlt sich nicht mehr aus, hatte er gesagt – und sich dann doch gegen die billigere, auf Draht gefertigte Variante entschieden.

– Das hat er noch. Die Schwester zeigte auf den Rucksack draußen auf dem Gang. Es war sein Wanderrucksack. Zu den Kontrollterminen hatte er ihn mitgenommen. Gepackt nur mit dem Notwendigsten. Er hatte nicht vorgehabt, lange im Spital zu bleiben.

Sie wusste nicht, wo sie seinen Rucksack hinstellen sollte. Die Wohnung war ihr fremd geworden. Das Kind schlief. Jetzt haben wir es zum ersten Mal allein gelassen, dachte sie. Am Morgen würde sie es wecken und zur Schule schicken wie immer, am Abend mit ihm sprechen. Bis dahin mussten die richtigen Worte gefunden sein. Auch für die anderen. Bis dahin hatte sie ihn noch für sich allein. Vorsichtig tastete sie sich durch die Räume. Überall waren seine Spuren, die sie nicht zerstören wollte. Sein Geruch war noch im Kopfpolster. Die Gitarre hatte er nicht weggepackt. Ein Buch lag aufgeschlagen neben dem Bett. Im Kamm seine Haare. Das Eis hatte aufgehört zu singen. Gerne hätte sie sich auf den Boden geworfen, um die Erde anzuhalten. Gerne wäre sie mit blinden Augen durch die nächsten Tage gegangen. Es war oft besser, nicht zu sehen, was alles war.

Auf ihrer letzten Reise waren sie nicht durchgefahren bis zum Meer. Sie hatten Halt gemacht im Karst. Sie hatten Halt gemacht, um endlich auch die berühmte Grotte zu sehen. Sie fuhren mit dem Zug in eine Tropfsteinwelt und wurden nach Sprachen einer Führerin zugeteilt. Dann ging es über Steige und Brücken in Hallen und Dome. Zuletzt machten sie halt am Becken des Grottenolms. Ein durchscheinendes Tier mit rosa Haut, karminroten Kiemenbüscheln und zarten Beinchen. Nicht Schlange, nicht Fisch, nicht Eidechse. Der Grottenolm lebt nur in den dunklen Höhlengewässern des Karstes. „Bitte nicht fotografieren." Die Augen des Grottenolms sind unter der Haut verborgen. Er hat ein ausgezeichnetes Raumgedächtnis, einen ausgeprägten Geruchssinn und orientiert sich im Wasser mit seinem Strömungssinnesorgan. Er nutzt auch elektrische Felder zum Beutefang und zur Orientierung und auch das

Magnetfeld der Erde. „Bitte nicht fotografieren." Der Grottenolm wird bis zu 100 Jahre alt.

Es ist ein Geheimnis um den Grottenolm. „Bitte nicht fotografieren."

Im Karst ist die Grenze zwischen Oberwelt und Unterwelt durchlässig. Bei starkem Regen kommen unterirdische Flüsse an die Erdoberfläche und mit ihnen taucht der Grottenolm aus der Finsternis. Früher dachten Bauern, die ihn auf ihren überschwemmten Feldern gefunden hatten, an Drachenbrut. Die Slowenen nennen ihn Človeška ribica: Menschenfisch. Der Menschenfisch passt sich an. Bei Lichteinwirkung bilden sich Pigmente, um die helle Haut zu schützen. Er stellt auf Lungenatmung um, kann seine Augen aktivieren und bringt unter bestimmten Umständen Junge zur Welt. Im Blitzlichtgewitter der Landsleute waren die Erklärungen der Führerin kaum zu vernehmen.

Sie hatten den Menschenfisch nicht fotografiert. Aber es gab Fotos von der Reise. Sie steckten noch immer in dem Kuvert, in dem sie von der Entwicklung gekommen waren. Alle Bilder der letzten Jahre waren in Schachteln gelandet. Niemand hatte sie eingeordnet oder wieder angesehen. Diese Arbeit nahm ihr jetzt keiner mehr ab. Sie brauchte ein Foto von ihm für den Partezettel. Damit er besser in Erinnerung blieb. Vom Kind stammten die Aufnahmen der Details. Eine blaue Distel. Ein Glas Teran, den das Sonnenlicht leuchten ließ. Eine Heuschrecke, Schmetterlinge, Käfer und eine Gottesanbeterin, die der Autofokus nicht erkannte. Von ihr stammten die Landschaften. Der Blick von Štanjel zum Nanos Gebirge über die erstarrten Wellen des Karstes mit steinernen Dörfern auf Kuppen und in Senken. Eine Straße, die sich zwischen gelben, ausgedörrten Wiesen und roter Erde auf schwarzes Gewölk zuschlängelt. Der Abgrund von Škocjan. Eine abgesperrte Doline mit einem schwarzen Loch am Grunde des Trichters. Er hatte die Familie fotografiert. Das Kind vor den Tropfsteinen der Elfenhöhle. Mutter und Tochter in der Wiese balgend. Von ihr hatte er Porträtaufnahmen gemacht. Viele. Sie konnte sich gar nicht mehr daran erinnern. Nur von ihm gab es kein Foto. Niemand hatte daran gedacht, auch ihn zu fotografieren oder den Selbstauslöser zu betätigen. Es gab kein Foto. Sie blätterte die Bilder noch einmal durch. Er war nicht da. Auf einem Foto war sie mit den Steinhäusern von Štanjel im Hintergrund zu sehen. Vor ihr lag sein Schatten auf dem Weg. Sie nahm das Foto und ging damit zum Licht. In ihren Augen glaubte sie ihn zu erkennen.

Etwas steif stand sie da, wie immer, wenn sie fotografiert wurde, steif, mit schiefem Lächeln und einen Fuß vor den anderen gestellt, als würde sie im nächsten Augenblick Anlauf nehmen, um aus dem Bild zu springen. In ihren Augen hielt er sie fest. Hinter ihr stieg der Weg zwischen Steinmauern steil an zum Tor des befestigten Dorfes.

Dieser Weg wurde zu ihrem Weg. Auch das Bahnhofsgebäude am Boden einer Polje war aus Stein. An- und Abfahrtszeiten hatten Platz auf einem kleinen Zettel, der mit Reißnägeln an die Tür geheftet war. Die Fahrt ging meist nicht weit, nach Nova Gorica in der einen Richtung, nach Sežana in der anderen, aber von dort führten die Schienen zum Meer und in die Welt. Am Morgen verschwand unter ihnen der Triebwagen mit dem roten Waggon im Fels, während im Gras auf Spinnennetzen Tautropfen zitterten und feuchte Halme die Schuhe dunkel färbten.

Zu Mittag hockte die Hitze auf dem steinernen Dorf. Beim Partisanendenkmal mit dem einst roten Stern verstaubte der Rosmarin. Der Fleischhauer, der als ehemaliger Gastarbeiter Deutsch sprach, hatte geschlossen und Briefmarken gab es auch im Postamt nicht, weil hier an bestimmten Tagen nur vormittags geöffnet war. Im Schlosshof lauerten die Katzen im Schatten. Eidechsen raschelten über verwachsene Türstöcke, und aus einem der bewohnten Häuser ganz oben am Hügel drang

Radiomusik. Ziehharmonika, Tubablech und Polkaklang, unerwartet in dieser Landschaft, wo jede Baugrube eine Wunde voll roter Erde im harten Boden hinterließ, wo hinter dem Horizont das Meer zu vermuten war und der Feigenbaum seinen warmen grünen Duft verströmte.

Am Abend loderten die Schatten der Zypressen an der Schlossmauer hoch. Ein Scheinwerfer brachte die weiße Kirche zum Leuchten mit ihrem seltsamen Turm, der an den Hut eines Derwisches erinnerte. Im Schlosscafé gab es Käse, Kraški Pršut und grüne Oliven, und die Katzen lauerten noch immer auf jeden Bissen. Sie fraßen auch Brot. Die Kellnerin brachte einen halben Liter Wein, dann verschwand sie. Das Licht wurde ausgeschaltet und die Schlagermusik. Halbwüchsige knatterten auf ihren Mopeds den Weg zum Nachbardorf hinunter. Der Weg nach Kobdilj wurde zum Hohlweg und führte ein Stück durch den Wald. Hier ging sie schneller, weil sie mit den Geräuschen der Dunkelheit nicht mehr vertraut war. Sie hörte es husten und schnauben und stapfen und schleichen. Sie wusste, dass es nicht ratsam war, den Weg zu verlassen, da Gestrüpp und Brombeerranken Spalten und Einbrüche verbargen. Sie wusste, dass sie nicht alleine war. Trotzdem beschleunigte sie, um aus diesem Wald wieder herauszukommen. Der Boden dröhnte unter ihrem Laufschritt. Das Kind und er lachten und riefen ihr nach, doch zu warten. Aber sie keuchte durch die Finsternis, nicht stehen bleiben, nicht umdrehen, dachte sie, ihre Füße hielten sich an den Grasstreifen in der Mitte des Weges und die Panik wich erst, als der Wald zurückblieb und sie Asphalt spürte. Beim ersten Haus wartete sie schweißüberströmt und nach Atem ringend. Ein Wachhund schlug an, ein zweiter setzte ein, und als er und das Kind sie eingeholt hatten, waren sie eingekreist von Hundegebell, das sie auch dann noch umzingelte, als sie das Tor zum Hof ihrer Unterkunft geschlossen hatten. Später lagen sie im Bett und horchten auf die Geräusche der Nacht, auf das Schnarchen des Kindes, auf das Schnarren in den Anhöhen ringsum, kam es von den Grillen oder kam es von den Zikaden, sie wussten es nicht, und manchmal schrie ein Vogel auf, als plagten ihn unruhige Träume.

– Warum hast du nicht gewartet im Wald, fragte er.

– Es war unheimlich im Finstern, sagte sie, die vielen Geräusche. Ich dachte, jemand verfolgt uns.

– Deswegen gehst du durch wie ein verrücktes Pferd, rennst wie ein geköpftes Huhn. Deswegen lässt du uns im Stich?

– In diesem Moment habe ich nicht an euch gedacht. Ich habe gar nicht gedacht.

– Das Kind hatte Angst wegen dir. Was machst du ohne mich?

– Nicht ins Finstere gehen, sagte sie, oder noch schneller rennen.

Sie lachten. Die Bettfedern sangen und quietschten bei jeder Bewegung. Mit einer Decke schlichen sie sich hinunter ins Freie. Die erstarkende Nachtluft rieb sich an den Blättern der Weinstöcke, sie nahm sich vor, am nächsten Morgen in Erfahrung zu bringen, ob es sich um Refosk-Reben handelte. Das zu wissen, schien ihr wichtig, denn es gab nichts, das die Melodie dieses Geraschels gestört hätte, kein Erstickungsanfall und kein Hustenkrampf.

Sie waren nicht mehr weitergefahren bis zum Meer. Von Norden wälzten sich Wolkenbänke über die Berge, hastig schoben sie sich heran, hinterließen weiße Gipfel in der Ferne, quollen auf und zogen eine bedrohlich niedrige Decke in den Himmel ein. Sie waren im Karst geblieben. Auf schmalen kurvigen Straßen erkundeten sie das Hochland. Auf schmalen kurvigen Wegen wanderten sie zum Karstabbruch. Oder sie gingen über dürre Wiesen und rote Erde von einem versteinerten Dorf zum nächsten und stießen dazwischen auf neue gläserne Tankstellen, wo es Mineralwasser und Bier zu kaufen gab. Oder sie folgten den Zeichen der Efeu-

Buschen zu einer Osmica, wo sie jungen Wein tranken und selbst gemachte Bratwürste aßen und Topfenstrudel, um sich dann mit Fernlicht wieder in ihr Dorf zurückzutasten. Oder sie fuhren hinunter nach Triest. Die Adria war ein unruhiger Spiegel für den bleifarbenen Himmel, nur draußen am Meeresrand leuchtete ein heller Streifen.

Sie waren im Karst geblieben, weil die Alternative ein Zelt auf einem windigen und staubigen Campingplatz an der Küste gewesen wäre, weil es auf der Hochfläche billiger war und sie deshalb länger bleiben konnten. Gerne hätte sie das Aufglühen der Reben im Herbst mit eigenen Augen gesehen. So viel Zeit blieb ihnen nicht. Aber sie hatten Zeit genug, um sich die Welt unter den Weinstöcken ausleuchten zu lassen.

Die Vilenica-Höhle hat ihren Namen von den freundlichen Feen, die in ihr wohnen. So wird es erzählt. Die Feenhöhle ist zwar die älteste Schauhöhle Europas, aber lange Zeit hatten die Feen dann ihre Ruhe vor neugierigen Blicken, die sich lieber auf die spektakulärere Grotta Gigante im italienischen Karst, auf die Unterwelt von Postojna oder auf die unterirdischen Flussläufe der Reka in Škocjan richteten. Der Einsturztrichter einer Doline führt zum Eingang, der mit einem Gittertor versperrt ist. Es war Zufall, dass sich das Gittertor für sie öffnete, obwohl zu diesem Zeitpunkt keine Führung vorgesehen war. Egal, kommt mit, sagte der Höhlenforscher schließlich, der für eine Sonderführung herbeigerufen worden war. In Portorož tagte ein internationaler Kongress der Zikadenforscher, die mit einem Autobus gekommen waren, um sich die Höhle anzusehen. Der Kongress beschäftigte sich mit den Zikaden des Mittelmeerraumes und die slowenischen Forscher hatten ihre ausländischen Kollegen zu einem Ausflug eingeladen. Ein englischer Biologe, der mit dem Wohnmobil von Höhle zu Höhle unterwegs war, schloss sich ihnen an. Ihn interessierten der Menschenfisch und die Käfer und Asseln und Spinnen, die sich auf ein Leben in der Dunkelheit eingerichtet hatten. Aber, so sagte er, jetzt habe er genug von Lehm und klammen Händen, jetzt wolle er einmal nur schauen wie die anderen Leute auch.

Tropfsteine, erhaben, ebenmäßig und bizarr, schoben sich aus dem Boden und von der Decke herunter, sie vereinten sich zu mächtigen Säulen, bildeten versteinerte Wasserfälle oder zarte, durchscheinende Schleier, die in sanften Schwüngen von den Wänden wuchsen. Derselbe Boden, der dem Teran Säure und Granatfärbung gab, tönte die Tropfsteine der Feenhöhle in warmes, erdiges Rot. Der Höhlenforscher musste viele Spezialfragen beantworten. Der Biologe interessierte sich für Flechten und Algen und Milben, vom Gesang der Fledermäuse wollten die Zikadenforscher hören. Feuchte Stufen führten in die Tiefe, enge Gänge weiteten sich zu Hallen und Sälen, der Führer schaltete zuweilen das Licht ab und wieder auf, um die Finsternis erfahrbar zu machen und auf besonders schöne Tropfsteinformationen hinzuweisen. Täler mit wuchtigen Stalagmiten taten sich auf und verschwanden im Dunkeln, kleine Sinterröhrchen bedeckten den Fels mit glitzerndem Pelz, manche Tropfsteine waren glatt und wirkten wächsern, andere hatten eine geriffelte Oberfläche mit Mustern, die ihrer eigenen Ordnung folgten. Sie hielten sich an der Hand. Sie kamen gut voran. Wenn die Stufen aufwärts führten, musste er manchmal stehen bleiben, um wieder zu Atem zu kommen. Die Beklemmung, die sie befiel, sobald sie sich abgetrennt wusste von der Außenwelt, hatte sich gelegt, die Kühle empfand sie als angenehm und die Führung wie einen Spaziergang durch eine neue Welt. Im Halbdunkel irritierten sie die steil hinunterführenden Stufen und die Abgründe und Schlünde, auf die sie manchmal hingewiesen wurden, nicht.

Sie hatten den tiefsten Punkt der Höhle erreicht. Touristen kamen nur bis hierher, das Reich der Höhlenforscher begann hinter den Wänden und

Säulen dieses mächtigen Raumes. Die slowenischen Zikadenforscher blieben auf den Stufen stehen und begannen zu singen, vielstimmig und inbrünstig. Das Wort Liebe glaubte sie zu verstehen, und das Wort Mädchen, und dass es um einen Abschied ging. Auch der Führer kannte das Lied, zuerst leise und dann mit immer kräftigerer Stimme näherte er sich dem Chor an und ordnete sich im Refrain den Bässen zu, während zwei Solostimmen das Tempo der einzelnen Strophen vorgaben, um dann mit dem Chor wieder eins zu werden. Das Lied brachte den Raum zum Schwingen, die Stimmen schwollen an, um mit ihrem Klang auch noch den entferntesten Tropfstein der Höhle zu erreichen, und kehrten zurück, um sich beim letzten Refrain im Flüsterton noch einmal zu vereinen. Dann war es still.

Es war still. Es war so still, dass sie es im Dunkeln tropfen hörten. Ein Wassertropfen fiel. Dann fiel der nächste. Die Tropfen fielen im Takt. Nicht allzu tief. Sie fielen auf Stein. A tscha a tscha a tscha. Er übernahm den Rhythmus. A tscha a tscha a tscha, flüsterte er und begann mit den Fingern dazu zu schnippen. Das Brummen des Höhlenführers schlich sich dazu. Jemand klatschte mit einer Taschenlampe in die Handfläche. Der englische Biologe trommelte mit dem Schlüssel auf die Stalagmiten neben ihm. Ein jeder Tropfstein war in einem anderen Ton gestimmt. Auch das Kind hatte sein Instrument gefunden, es schrummte über weiße Rillen, die aussahen wie die Barten eines Walfischmauls. Die Zikadenforscher summten und modulierten und schnippten, plötzlich rief eine Stimme:

*Cicadetta mediterranea*! zź zzzzź zzzzź,
antwortete der Chor,
*Cicadetta dimissa!* zz zz zz zz zzzzzzz zź
*Tettigetta argentata!* zź zź zź zź zź zź,
*Cicada orni!* zz zz zzzź zz zz zzzź.

Ohne viel miteinander zu reden, hatten sie ihre Sprache gefunden, ihre Melodie, ihr gemeinsames Lied. Der Klangteppich brachte sie in unerforschte Bereiche, von denen nicht einmal der Höhlenforscher zu wissen schien, dass es sie gab. Sein Gesicht glänzte. Sie hoben ab, stiegen höher, schwebten, der Rhythmus gab den Aufwind. Das Flüsterlied nahm sie alle auf, gab ihnen Raum, mit jedem Solo änderte es seine Gestalt, jeder brachte sich ein, stampfend kam es daher und auf Zehenspitzen, mit sirrenden Flügeln, vorsichtig, zaghaft und selbstbewusst, in vielen Sprachen und neuen Lauten. Die Felswände wurden durchlässig. Das Flüsterlied trug sie höher und weiter, bis sie ihr Ziel erreicht hatten. Sie waren angekommen beim Tropfen, der fiel. Im Reich der freundlichen Feen. Hell war es dort und warm. Noch einmal sein Flüstern. Dann war es still. Eine Stille, die glänzte. A tscha a tscha a tscha…

Der Höhlenforscher seufzte. Das Licht seiner Lampe glitt langsam über die Zapfen und Säulen, als habe er sie eben erst entdeckt. Tropfstein um Tropfstein erforschte das Licht. Es tastete sich vor in den dunklen Bereich und strich behutsam über die Kluft, hinter der sich der nicht öffentlich zugängliche Teil der Höhle verbarg.

Ihre Gesichter leuchteten vor Glück. Keuchend machten sie sich an den Aufstieg.

Den Weg zurück ans Tageslicht hatte sie unterschätzt. Sie hatten noch nicht einmal die Hälfte der Stufen hinter sich, als er zurückblieb. Ein heftiger Hustenanfall nahm ihm die Luft. Sie warteten und schauten ihm zu, wie er sich am Geländer hochzog, Schritt für Schritt, immer wieder musste er stehen bleiben, hustend, nach Atem ringend, jede Stufe war ein Kampf.

– Lasst mich, keuchte er schließlich, ich brauche mein eigenes Tempo, damit ich hinaufkomme. Geht voraus.

Der Höhlenforscher versprach, beim Tor zu warten und notfalls Hilfe zu holen. Dann eilte er den winkenden Zikadenforschern nach. Um sie einzuholen, nahm er zwei Stufen auf einmal. Er entfernte sich schnell. Bevor er aus dem Blickfeld verschwand, hatte er von ihrem Standort aus gesehen nur mehr die Größe eines Daumens.

Der englische Biologe war bei ihnen geblieben. Er versuchte ihn zu stützen. Aber die Stufen waren schmal und er wollte sich nicht helfen lassen.

– Warum seid ihr nicht mit den anderen gegangen?

– Wir lassen dich nicht alleine.

– Mit mir ist es nichts mehr. Bald werde ich hier herunter gehören. Warum muss ich jetzt noch einmal hinauf?

– Weil wir dich noch brauchen. Oben. Deshalb spar dir deine Luft zum Stiegensteigen.

Langsam ging sie mit dem Kind voraus. Das Kind hatte ein Spiel erfunden. Sie war froh, dass es abgelenkt war und willigte ein, mitzuspielen. Es ging darum, die Gesichter der Tropfsteine zu erkennen. Gewonnen hatte, wer die meisten Gesichter entdeckte. Das Kind sah einen träumenden Stalagmiten mit geschlossenen Augen und langen Wimpern, sie sah Stalaktiten, die von der Decke herab die Zähne fletschten und höhnisch lachten. Knollennasen schälten sich aus dem Halbdunkel und Stummelzähne, Augenhöhlen, Hängebrüste, Birnenhintern. Und während sie mit dem Kind lachte und sie Punkte zusammenrechneten, hustete er hinter ihnen ununterbrochen und es gab keine freundlichen Feen, die gekommen wären, um mit ihm nach oben zu schweben oder um ihn zumindest anzuschieben oder um ihm seine Lungen zu füllen.

Es gab nur den englischen Biologen, der fluchte, weil er ausgerutscht war. Sie hatten den letzten Abschnitt erreicht. Der Tanzsaal lag noch vor ihnen und das letzte Stück Treppe, das steil nach oben zum Höhleneingang führte. Dort rissen Sonnenstrahlen ein Loch in die Dunkelheit. Eine ovale Öffnung gab den Blick frei. Das Gittertor war zu sehen und davor grünes Gesträuch, das mit dem Licht in die Höhle eingedrungen war. Mit heißem Atem empfing sie die Oberwelt. Schwül und schwer stand die Luft in der Halle, zu der sich der Raum gleich hinter dem Eingang gewölbt hatte. Eine weitere Barriere auf dem Weg nach draußen. Die Halle war erfüllt vom Brüllen seines Hustens, das die Höhle nicht schlucken wollte.

– Fuck, sagte der englische Biologe. Die Hölle ist da oben.

– Du schaffst es, sagte sie.

Ein Wassertropfen fiel. Er fiel ohne Hall und Klang. Er würde keine Spuren hinterlassen. Auch der nächste Tropfen nicht. Er fiel ins Nirosta-Becken der Abwasch. Es gab kein Foto von ihm von dieser letzten gemeinsamen Reise. In der Höhle hatte das Kind fotografiert. Ohne Blitz. Die Bilder waren verwackelt und verschwommen. Die Tropfsteine hatten sich von ihrer Starre gelöst und die Form geändert. Als wehende Fahne fanden sie sich wieder auf dem Bild, als rotes Fell und als brauner Bach. Auf einigen Fotos entdeckte sie dunkle Schatten, die sich nicht zuordnen ließen. Wie flirrende Striche zogen sie übers Bild. Fledermäuse, die das Flüsterlied gelockt hatte? Der Menschenfisch? Zeichen, die sie in der Höhle übersehen hatte?

Draußen taumelte ein Paar vom Fasching in den Aschermittwoch heim. Die weibliche Stimme kicherte, die männliche erzählte und beschwor, dann schrillte ein Lachen in die Nacht, das noch gellte, als die Schritte längst verklungen waren. Sie hatte diese Stille der Nacht immer geliebt. Die Zeit strömte ruhig und gleichmäßig dahin, die Stadt atmete entspannt und jedes Geräusch hatte seinen besonderen Klang. Der Gang eines Fahrzeugs wurde heruntergeschaltet, eine Autotür zugeschlagen, ein Schlüssel fuhr ins Schloss, im Vorraum knarrten Schritte und eine warme Stimme orientierte sich am Lichtspalt unter der Tür.

Einen Augenblick dachte sie daran, sich zu betäuben. Die Schachteln und Flaschen mit seinen Medikamenten waren auf der Anrichte zu einer kleinen Festung zusammengewachsen. Tabletten und Tropfen gegen die Atemnot, gegen den Hustenkrampf, gegen die Erstickungsangst, gegen die Schlaflosigkeit, gegen die Niedergeschlagenheit. Ein Freund hatte eine Flasche Absinth aus Portugal mitgebracht. Auch Wein war da. Doch sie entschied sich anders. Nüchtern wollte sie bleiben in dieser Nacht. Nüchtern und klar, um den Schmerz zu spüren und den Verlust. Sie spürte nichts. Kein Schmerz und keine Tränen. Erstarrt war sie wie unter einer Sinterschicht.

# *Schatten*

Wie versteinert standen sie da. 40 Buben für den Anlass zurechtgerückt. Die letzte Reihe auf Sessel gestellt, die erste die Knie auf dem Bretterboden, alle stramm, Brust heraus und Finger durchgestreckt. Kurze Hosen entblößten dürre Beine. Eine Woge von Bubengesichtern, die Münder leicht geöffnet, die Augen starr geradeaus gerichtet, trugen sie nur eine Botschaft. Hier gibt es nichts zu lachen. Ein Klassenfoto.

Über seinem Kopf schwebte ein X, dem hinter ihm stehenden Kind mit stumpfem Bleistift in die Brust gerieben. Er war der zweite von links in der mittleren Reihe. Ohne das Zeichen hätte sie ihn nicht erkannt. Ein Nachkriegskind. Unterernährt und rachitisch, der Behandlung mit Lebertran und künstlicher Höhensonne ausgesetzt. Ein blondes, ernstes Kind, von dem sie wenig wusste.

Darunter lag das Bild von einem Schiff. Ein abgegriffenes Foto mit weißem Zackenrand, ein schwarzes Schiff war darauf zu sehen mit hohen Masten, massiven Aufbauten und Geschützrohren nach allen Seiten, auf der Rückseite war in Kurrentschrift notiert *„Kreuzer Admiral Sigger. An Bord gekommen 22.10.43, von Bord 5.5.1945“*. Sein Vater hatte aus dem Krieg eine Hängematte mitgebracht und dieses Foto. Vor allem aber war das Schweigen mitgekommen aus dem Krieg. Das Schweigen dröhnte über der Familie. In Bier ließ es sich nicht ersäufen. Auch dann nicht, wenn er die Kiste leerte, die die Mutter gerade auf dem Gepäckträger des Fahrrads herangeschafft hatte und die als Vorrat für die ganze Woche gedacht war. Der Großvater war Tischlermeister. Die Söhne arbeiteten in seinem Betrieb, schnitten Bretter zu, hobelten und drechselten, aber in den ersten Jahren nach dem Krieg ging das Geschäft mit Küchenkredenzen und Kleiderschränken schlecht. Auf das Anschreiben mussten sie sich einlassen und auf Ratenvereinbarungen, und als dann wieder Geld da war, wollte niemand mehr lasierte Möbel. Schleiflack musste es sein, hell, glatt und glänzend. Und das Geschäft ging wieder nicht und für neue Maschinen fehlte das Geld. Dem Kind blieb der Geruch von Terpentin und geschnittenem Holz und die Erinnerung an Gestöber aus feinen Spänen und groben Locken. Ein Onkel wanderte aus. Der Vater ging zu den Stadtwerken. In der Nacht reinigte er Autobusse und Straßenbahnen. Am Tag warf er ein müdes Auge auf die Kinder, weil die Mutter in der Spinnerei arbeitete und nebenbei einige Bedienungen hatte. Anderen ging es schlechter, deshalb nahmen die Eltern noch ein Kind in Pflege. Die Geschwister blieben sich selbst überlassen. Geheime Plätze im Wald. Gefährliche Spiele am Fluss. Ein Kasten im Keller als Rückzugsgebiet. Dann der Einschnitt. Die Schule. Ohne Vorwarnung einer harschen Ordnung ausgeliefert. Der Turnlehrer hatte eine Trillerpfeife, der Religionslehrer Prankenhände, dem Direktor schwoll der Hals, wenn er schrie. Ein Taumel war seine Volksschulzeit gewesen, ein Fiebertraum, die Zeugnisse längst verloren und nur eine Erinnerung: Die Erinnerung an das Warten auf jenen Moment, da sich die Lehrerin von der Tafel abwandte, auf den Katheder zusteuerte, um sich auf die Tischplatte zu schwingen und dann die Beine zu überschlagen. Die Lehrerin trug Strümpfe, und bevor sich der eine Schenkel über den anderen legte, sah man weiter, an den Selbsthaltern vorbei, ein weißes oder schwarzes Blitzen, ein Blitzen, das ihn schon als Achtjährigen schwindeln ließ.

Vom Schweigevater, von den wirbelnden Sägespänen, von der Volksschulzeit, der Lehrerin und diesem einen Augenblick, da sich der Horizont weitete, hatte er oft gesprochen. War das alles, was sie von seiner Kindheit wusste? Ich habe nicht zugehört, dachte sie, ich habe ihm nicht richtig zugehört, aber er, er hätte erzählen müssen, viel mehr erzählen, dachte sie, jetzt sitze ich da und weiß wenig von ihm.

Seine Familie sahen sie nur an Feiertagen. Die jüngeren Schwestern hatten nicht vergessen, dass er Mutproben verlangt hatte von ihnen. Sie waren durch das Brennnesselfeld am Bach gelaufen und hatten sich im Finstern auf den Urnenfriedhof geschlichen, um nicht als feige zu gelten. Daran erinnerten sie sich und auch ihn, wenn sie zusammenkamen. Viel durcheinander geredet wurde dann, es ging nicht anders, vier Schwestern, zwei Brüder, mit Frauen und Männern und Kindern, eine laute, fröhliche Runde, die sich noch immer in der Wohnküche bei der Mutter traf, in der sie alle nur dann Platz hatten, wenn sie auch die Armlehnen des Fauteuils als Sitzplatz nützten und die Stehplätze hinter der Anrichte, die den Wohnbereich von Ofen und Abwasch trennte. Meist blieb das Gespräch in der Gegenwart und an der Oberfläche, weil hier kaum Reibung entstehen konnte – sie hatten unterschiedliche Ansprüche an das Leben und deshalb auch konträre Vorstellungen von der Zukunft – aber wenn sich das Gespräch in die Vergangenheit zurücktastete, ging es schnell.

Weißt du noch, die Brennnesseln. Wisst ihr, der Friedhof. Der neue Boden, sagte die Mutter. Ihr habt mir den neuen Bodenbelag ruiniert. Mit der Erinnerung schlich sich ein bitterer Ton in ihre Stimme, der sich von ihrem Lachen und auch vom

Lachen der anderen nicht verscheuchen ließ. Es war seine erste Band. Sie probten in der Wohnküche. Die Bassdrum braucht einen guten Halt. Daran hatte der Schlagzeuger gedacht und nicht an den Küchenboden, als er die Dornenfüße der Trommel fixierte. Ein paar Tage vorher war der Boden neu verlegt worden. Linoleum. Beige gemustert. Der war jetzt aufgerissen und hatte Kerben und es gab nichts, mit dem man den Schaden hätte beheben können. Es gab kein Geld für einen neuen Bodenbelag. Die Eltern hatten es nicht, auch nicht die Mutter des Schlagzeugers und die Buben schon gar nicht. Den Ärger milderte vielleicht die Zuversicht, dass der Lärm der röhrenden Gitarren und harten Trommelschläge die Buben einmal aus der Siedlung hinaustragen würde. Das Vertrauen schien berechtigt, denn bald ergaben sich die ersten Engagements, sie spielten bei Hochzeiten und beim Fünfuhrtee und sie kamen bis in die ersten Hotels am Arlberg. Dem Schriftzug auf der Basstrommel nach zu schließen hieß die Band *Die Rogers*. Vier junge Herren in schwarzen Hosen, dazu Selbstbinder, weißes Hemd und Gilet, zwei Gitarren, ein Bass und ein silbernes Schlagzeug. Er schien verkabelt mit einer roten Fender-Stratocaster. Das Bild hatte ihn eingefroren in Grätsche und mit offenem Mund.

Gitarren waren ihm immer wichtig gewesen. Ihr Vater hatte ihr als Kind im Wald den Unterschied zwischen Tanne und Fichte erklärt, anhand der Rinde, des Harzes, der Nadeln, der Zapfen, des Stammes und der Form. Von ihm hatte sie von den Besonderheiten der *Rickenbacher* erfahren, vom Unterschied zwischen *Fender* und *Gibson*. Sie hatte auf Cutaways geachtet und auf Tonabnehmer, auf den Gitarrenhals und auf das Kopfbrett. Und auf den Klang.

Das war schwierig. Sie selbst spielte kein Instrument. Sie war unmusikalisch. Sie hatte immer gedacht, Musik berühre sie nicht. Ein Bild konnte mehr auslösen in ihr. Radio hörte sie wegen der Wortbeiträge. Sie erkannte das wiederkehrende Thema im Satz einer Sinfonie nicht. Beim Singen konnte sie den Ton nicht halten, beim Tanzen nicht den Takt. Opernarien empfand sie als Gekirre und Gebrüll. Lieder aller Art beurteilte sie nach der Qualität der Texte, die Musik selbst plätscherte, rauschte und wummerte an ihr vorbei. Am liebsten hatte sie es still. So still, dass nichts anderes mehr zu hören war als das Versickern der Zeit und der Gleitflug der Gedanken.

Aber dann hatte sie der Klang einer Stromgitarre erfasst. Er war durchgedrungen und hatte etwas in ihr zum Vibrieren gebracht, von dem sie nicht gewusst hatte, dass es in ihr war. Es war eine neue Erfahrung. Es gab Klänge, die hoben sie aus. Sie machten sie leicht und stark. Die Riffs kamen unmittelbar. Es gab keinen Umweg über Ohr und Gehirn. Der Klang fuhr ins Blut, ließ es branden, und es spielte keine Rolle, ob er sich gläsern scharf von der Fender abgesetzt hatte oder satt und rund von der Gibson.

Mit dem Erklären war es nicht getan. Der Vater hatte Wanderungen und Einheizen dazu genützt, ihr Wissen über das Holz zu prüfen. *Was ist das für ein Baum, warum kann das kein Fichtenholz sein, welches Holz nimmst du für ein Prasselfeuer, welches Holz nimmst du für starke, anhaltende Hitze?* So gingen sie durch den Wald, so knieten sie vor dem Kachelofen und irgendwann war sie nicht mehr stolz darauf, die Antwort zu wissen, sondern der Fragerei überdrüssig. Dann aber war sie wieder froh, im Wald mehr zu sehen als eine Ansammlung von Bäumen. An jungen Stämmen suchte sie nach prallen Bläschen. Sie ritzte sie mit dem Daumennagel und sah zu, wie das Tannenpech hell und durchsichtig aus der grauen Rinde quoll.

Selbst in fremden Städten führten sie die Spaziergänge mit ihm zu Auslagen, in denen Gitarren und Verstärker standen. Manchmal betraten sie ein Geschäft. Er ließ sich bestimmte Gitarren zeigen. Auch bei akustischen Gitarren bekam sie ein Auge für Details der Verarbeitung und für das Holz. Jedes Instrument hat seine eigene Stimme und seinen eigenen Charakter. Nicht jedes Instrument passte zu jedem. Er spielte einige Akkorde, schlug, dämpfte, zupfte, hart glitt das Plektrum über Stahl, die Finger der anderen Hand rutschten auf den Saiten über die Bünde, dann wieder tupften sie an bestimmten Stellen nur leicht an und über die Obertöne hinweg glitt ihr Blick in seinen in die Schwerelosigkeit.

– Wenn ich einmal viel Geld habe, hatte sie damals gedacht, schenke ich ihm eine Reise nach Nazareth, Pennsylvania, eine Einkaufsfahrt zur Firma C. F. Martin & Co., Martin Guitars Company, oder nach Chur zum Gitarrenbauer Pagelli, damit er sich eine neue Gitarre machen lassen kann. Aus langsam gewachsenen und gut gelagerten Hölzern, aus Fichte, Ahorn, Ebenholz, Palisander und mit Einlegearbeiten aus Perlmutt. Perlmutt muss nicht sein, Perlmutt war ihm egal, auch nicht die Marke, auf den Klang kam es ihm an, offen und warm sollte er sein, auch in den Höhen und Tiefen kraftvoll, entgegenkommen musste sie ihm schon beim ersten Spielen, gut in der Hand liegen und vor allem eine Seele haben. Eine Gitarre jedenfalls sollte er bekommen, wie sie in Linz noch nie in der Auslage gestanden war.

Nie hatte sie so viel Geld gehabt. Er spielte weiter auf seiner alten Martin, die ramponiert war und bei manchen Tönen schepperte, seit bei einem Fest eine Frau im Cola-Rum-Rausch darüber gestöckelt war.

Er hatte seine Angelegenheiten nicht mehr geregelt. Ohne letzten Willen war er gegangen. Du wirst es schon schaffen, hatte er gesagt, dann war die Krankenschwester gekommen, um ihn samt Bett zu einer neurologischen Untersuchung abzuholen, während sich der Mann im Nebenbett bei seiner Frau beschwerte, mit so schlechten Patienten im Zimmer liegen zu müssen. Die Gitarren hatte er den Kindern gegeben. Das war seine Hinterlassenschaft. Jedes Kind bekam eine Gitarre.

Ihr Klassenfoto war zehn Jahre später aufgenommen worden. Ein trotz fest geflochtener Zöpfe zerzaustes Kind sah skeptisch von der Schulbank auf. Auch der Bub daneben war ernst geblieben. An den Tischen dahinter und in der Türreihe saßen die Mädchen, in der Fensterreihe die Buben. Im Hintergrund zwischen den Fenstern mit Blick auf die Donau stand die Lehrerin. Schwarze Jacke, schwarzer Rock, schwarze Strümpfe, die Haare schwarz nachgefärbt. Ein Schatten an der Wand. Ihr schiefer Mund konnte als Lächeln gedeutet werden. Das Foto war kurz nach Schulbeginn aufgenommen worden. Mit dieser Klasse wurde in der Kirchenschule der koedukative Unterricht eingeführt. Außer dieser einen gemischten Klasse gab es wie bisher die Schule der Mädchen und die der Buben, im selben Haus untergebracht und deshalb im Wechsel unterrichtet. Eine Woche vormittags, eine Woche nachmittags. Die gemischte Klasse lief im Rhythmus mit der Bubenschule mit. Ihre Mutter, die sie anfangs begleitete, hatte am ersten Schultag nichts besseres zu tun, als sie neben einen Buben aus der Nachbarschaft zu setzen. Ein schlechter Start. Beide Kinder wurden von den anderen bedauert. Die Lehrerin stellte die getrennte Sitzordnung rasch wieder her.

Zuvor war der Fotograf gekommen. Da hatte sie bereits zwei wichtige Erfahrungen machen müssen. Sie wusste jetzt, dass sie eine kleine Heidin war. Die einzige der Klasse, die einzige der Schule, die erste Heidin der Lehrerin. Und sie hatte erfahren müssen, dass sie keine Indianerin werden konnte. Indianerin war kein Beruf. Unter all den Schaffnern, Friseurinnen, Lehrerinnen und Druckern war sie die einzige, über die gelacht werden durfte, war sie die einzige, die getadelt worden war.

– A ein Apfel, B eine Birne, A ein Arbeiter, B ein Bahnhofsvorstand, Kinder, kann man Indianerin werden?

– Nein, höhnte der Kinderchor, Indianerin ist kein Beruf, und dann wandten sich die hellen Stimmen weiter skandierend anderen Buchstaben des Alphabets zu, ein Beruf mit I – Installateur, I – Ingenieur.

I – Indianerin. Insgeheim hatte sie beschlossen, die Sache nicht aufzugeben. So wie Nscho-tschi wollte sie werden, schön, sanft und leidenschaftlich, und so wie Winnetou seine Schwester hielt, ihren Kopf mit den langen Zöpfen zärtlich beschützend und doch auch bestimmend, so wollte sie gehalten werden. Was wussten die anderen schon von Winnetous Schwester. Sie besaß die Bildbände zum Film. Schwarzweißfotos im Querformat, der Text in Druckbuchstaben, die sie noch nicht alle kannte, aber der Text war nicht wichtig, die Bilder waren es. Die Eltern hatten oft Besuch und horchten im Wohnzimmer Schallplatten. Von der Moldau, auf deren Grunde die Steine wandern, wurde gesungen, von einem Pferd, das mit dem Sterben noch nicht fertig war, als ihm hungrige Menschen das Fleisch von den Knochen rissen, oder es war von einer Aufführung die Rede, bei der es um die Ermordung des Jean Paul Marat ging, da wurde über eine Hinrichtung berichtet, über eine Vierteilung, nach dem Auseinanderjagen der Pferde blieb der noch immer lachende Kopf des Verurteilten; und im Kinderzimmer blätterte sie schnell zu ihren Lieblingsszenen: Zu Ribanna, der der Grizzly die Pranke auf die Schulter drückt, bevor sie von Winnetou gerettet wird, oder zur verzweifelten Nscho-tschi, der Winnetou nach kurzem Ringen das tödliche Messer entwindet.

Kleine Heidinnen besuchen keinen Religionsunterricht. Stattdessen musste sie die Lehrerin ins Konferenzzimmer begleiten oder in andere Klassen, um sich dort in der letzten Bank still zu beschäftigen, während die Lehrerin sublierte. In der Heimatkunde der 4. Klasse Bubenschule erzählte die Lehrerin, dass Österreich ein Kaiserreich gewesen war und es Nachfahren dieser Kaiserfamilie gebe, die keine Ansprüche mehr stellen dürfen und auch nicht mehr „von“ genannt werden. Aber der Sohn des letzten Kaisers sei jetzt in Österreich vom Bundeskanzler empfangen worden, ein wichtiger, historischer Moment.

Da hatte sie Bilder gesehen in der Zeitung. Da wusste sie etwas. Sie zeigte auf. Die Lehrerin redete weiter. Sie schnippte mit den Fingern. Die Lehrerin warf ihr einen ungehaltenen Blick zu. Sie stand in ihrer Bank.

Was ist denn?

Ich weiß etwas. Viele Leute wollen nicht, dass der Herr Habsburg empfangen wird. Sie haben Plakate gemacht mit Sprüchen, sie haben beim Stephansdom protestiert. Da waren Fotos in der Zeitung mit einem Plakat: „Sperrt den Otto, diesen Schuft, in die Kapuzinergruft.“

– Wer bringt dir so etwas bei? Das sagt man nicht.

– Das ist in der Zeitung gestanden.

– Nicht in allen Zeitungen steht das. In unseren Zeitungen steht das nicht. Setz dich jetzt und schweig.

Die schmalen Lippen der Lehrerin kräuselten sich zu einer steilen Welle, die nach links zum Ohr hin in einen schmalen Strich auslief. Schluss jetzt, sagte die Welle, kein Wort mehr, der Strich.

Im Laufe der Zeit hatten die Kinder gelernt, aus dem Lippenspiel der Lehrerin Unheil abzulesen. Am gefährlichsten war das Boxergesicht mit zusammengepressten vorgestülpten Lippen. Dann wurde ein Kind vor den Direktor gestellt. Der Direktor, ein großer, hagerer Mann, unterrichtete die Bubenschule, und manchmal donnerte seine Stimme durch die nach Knabenpissoir riechenden Gänge bis in die gemischte Klasse. Sie war erschrocken, dass ihr Mitteilungsheft ein Boxergesicht verursachte. Was damals zu unterschreiben war? Sie wusste es nicht mehr. Wahrscheinlich hatte sie etwas vergessen. Das nahm die Lehrerin persönlich. Sie empfand es als Missachtung ihrer Autorität, darüber mussten auch die Eltern informiert werden. Sie hatte dem Vater das Heft hingehalten und er hatte im Liegen unterschrieben. Im Liegen, weil er am Vortag spät heimgekommen war und noch im Bett lag, als sie in die Schule aufbrach.

– Das ist nicht die Unterschrift deines Vaters.

– Doch. Er hat heute früh unterschrieben.

Schmale Lippen formten sich zu einer steilen Welle und einem zum Ohr hin auslaufenden Strich.

– Na warte.

Mit dem Mitteilungsheft verließ die Lehrerin die Klasse. Triumphierend kam sie zurück. Sie wurde zum Direktor geschickt, der in seiner 4. Klasse mit dem aufgeschlagenen Mitteilungsheft auf sie wartete. Sie musste sich vor die Buben stellen.

– Zahlt es sich aus, Unterschriften zu fälschen?

– Nein, brüllte die Klasse.

– Gibst du zu, dass die Unterschrift von dir ist? Das ist nicht die Unterschrift deines Vaters.

Der Direktor schrie. Die Nachmittagssonne dehnte ihren Schatten über den Bretterboden. Die Buben, erfreut über die Abwechslung, blickten sie erwartungsvoll an. Es war schrecklich, vor den feixenden Buben zu stehen. Sie wusste nicht, was mit den Händen zu tun war, sie wusste nicht, wohin sie schauen sollte, sie wusste nicht, was noch kommen würde.

– Diese Unterschrift ist von dir. Das sieht jeder, brüllte der Direktor, für wie blöd hältst du uns? Steh gerade, wenn ich mit dir spreche.

Der Direktor schrie und im Nachmittagslicht wirbelten Staubkörnchen. Sie schwebten auf sie zu, unaufhörlich. Sie durfte sich nicht rühren. Sie musste nur warten, bis sie ganz eingehüllt war in einer Staubwolke. Sie würde unsichtbar werden und dann diesem Klassenzimmer entrinnen können.

– Rufen wir deinen Vater an. Rufen wir deinen Vater an und fragen ihn, warum er plötzlich seine Unterschrift geändert hat.

Auf die Staubwolke war kein Verlass. Sollte sie diesem brüllenden Mann mit dem rot angelaufenen Gesicht sagen, dass bei ihr daheim Mitteilungshefte auch im Liegen unterschrieben wurden und verkatert. Das ging ihn nichts an. Das war Familiengeheimnis.

– Also gut, sagte der Direktor. Wir haben Zeit. Wir haben viel Zeit. Wir bleiben da, alle, bis du uns die Wahrheit sagst, bis du uns sagst, dass du die Unterschrift gefälscht hast.

Das lange Stehen war ungewohnt. Ihr Schatten hatte begonnen, die Wand hinaufzuwachsen. Sie sah sich durch Grasland gehen, das in sanften Wellen bis zum Horizont strömte. Es gab keine Bäume und kein Gebüsch. Sie konnte sich nicht verstecken. Sie durfte nicht um Hilfe schreien. Die Feinde würden auf sie aufmerksam werden. Sie musste die blauen Berge erreichen. Die Hufschläge stammten nicht von Winnetous Pferd. Die Buben waren unruhig geworden. Die blauen Berge waren eine Schattenlinie an der Wand. Hier ging es nicht weiter.

Also gut, hörte sie sich zum Direktor sagen, die Unterschrift ist von mir. Du wirst schon sehen, was ist, wenn die Wahrheit herauskommt, dachte sie.

Die Wahrheit kam heraus, aber anders, als sie sich das vorgestellt hatte.

Denn auch der Vater schrie mit ihr.

Er hatte unterschrieben. Eigenhändig hatte er unterschrieben, in der Früh war sie mit dem Mitteilungsheft gekommen. Wie konnte sie behaupten, sie habe die Unterschrift gefälscht? Wie konnte sie? Warum? Das verstand er nicht. Sie schwieg.

– Das gibt es nicht. Warum sagst du das? Wir haben nie etwas zugegeben, schrie der Vater. Wenn wir etwas angestellt haben, haben wir es nicht zugegeben. Und du gestehst etwas, das du gar nicht getan hast?

Sie schwieg. Auch die Schulfreundinnen verstanden nicht.

– Aber wenn die Unterschrift nicht von dir ist, warum sagst du es dann?

Sie dachte an ihren Schatten, der die Wand hinaufgewachsen war. Zum ersten Mal hatte sie ihren Schatten bewusst wahrgenommen.

Zugegeben wurde nur, was nachgewiesen werden konnte.

– Wenn Sie sagen, dass das Ihre Unterschrift ist, muss ich es Ihnen glauben, hatte die Lehrerin zum

Vater gesagt und es war ihr anzusehen, sie glaubte ihm nicht. Ein Geständnis ist ein Geständnis. Sie hatte gestanden. Mochten die Eltern die Betrügerin decken. In der Schule jedenfalls würde Unrecht Unrecht bleiben. Die kleine Heidin war überführt worden.

Daheim warf man ihr vor, dass sie sich hatte überfahren lassen. Ja, der Direktor hatte geschrieen, das wussten die Eltern von den Nachbarskindern, dass der Direktor geschrieen hatte, sehr laut, auch in anderen Klassenzimmern hatte man ihn gehört, aber der Direktor hatte nicht recht und er hätte nicht schreien dürfen und sie hätte bei der Wahrheit bleiben müssen und darauf bestehen, dass sofort die Eltern informiert werden.

– Ich will nicht, dass ihr in die Schule kommt, sagte sie.

Die Eltern waren fassungslos.

Vom Schatten an der Wand und den Buben wollte sie den Eltern nichts erzählen und davon, dass sie nicht länger allein in dieser Graslandschaft sein wollte. Gar nichts mehr wollte sie sagen, aber die Eltern wollten reden mit ihr. Sie sprachen über die Familie. Was der Großvater väterlicherseits in dieser Situation gemacht hätte und was der Großvater mütterlicherseits. Dass sich auch die Großmütter nicht anders verhalten hätten und die eine Tante nicht und die andere Tante und die Eltern auch. Sie hätten ihrem Wesen entsprechend unterschiedlich reagiert, energisch und laut die eine, ruhig der andere, aber sie hätten sich das nicht gefallen lassen. Alle. Niemand hätte sich unter Druck setzen lassen. Alle hätten dem Druck standgehalten. Sie wären bei dem geblieben, was war. Dass die Unterschrift im Mitteilungsheft nicht gefälscht war.

Winnetou war nicht gekommen. An Winnetou hatte sie gedacht und nicht an ihre Urgroßväter, die sowohl auf der Seite der Mutter als auch auf der Seite des Vaters in ihren Wohnorten den Konsumverein mitbegründet hatten. Sie hatte nicht an ihre Urgroßmutter gedacht, die in Pasching die erste Demonstration zum 1. Mai durchgeführt hatte. Mit ihren sechs Kindern und einer roten Fahne war sie durch das Dorf marschiert. Sie hatte nicht an die Großmutter gedacht, die wegen Verteilung illegaler Druckschriften und Gründung einer kommunistischen Frauengruppe eingesperrt worden war. Sie hatte nicht an den Großonkel gedacht, der in Spanien auf Seiten der Internationalen Brigaden gekämpft hatte und als vermisst galt. Und sie hatte nicht an den Großonkel gedacht, der in Mauthausen ermordet worden war.

Was habt ihr mit meinem Kind gemacht? In der Schule hatte der Vater keine Antwort auf diese Frage erhalten. Er fuhr fort, diese Frage im Wirtshaus zu stellen, in dem auch der Direktor regelmäßig einkehrte. Er bekam keine Antwort und der Goldene Anker verlor einen Stammgast. Der Direktor hatte sich entschlossen, sein Viertel Kalterer auf der anderen Seite der Donau zu trinken.

Es gab noch ein Foto von dem Zopfkind in seiner Schachtel. Sie konnte sich nicht erinnern, es ihm gegeben zu haben. Eine Schwarzweißaufnahme. Fichtenwald, Almboden, ein Holztisch, ein Fahnenmast. Sie im Dirndlkleid inmitten weiblicher Verwandtschaft mütterlicherseits. Die Urgroßmutter mit Kopftuch, zwei Tanten trugen Stirnband, alle lächelten, nur sie nicht. An das Dirndlkleid konnte sie sich erinnern, es hatte silberne Knöpfe in Margaritenform und der Gummizug an den Puffärmeln der Bluse war zu eng und schnitt ins Fleisch, nicht aber an die Aufnahme und den Anlass und den Grund für das finstere Gesicht. Mit diesem Teil der Verwandtschaft gab es Missverständnisse. Man legte Wert auf anständiges und vor allem lautes Grüßen. Die Urgroßmutter war krank und fast taub. Zuweilen wurde das Kind zu Unrecht getadelt, weil Gruß und Dank überhört worden waren.

Der Mann der einen Tante, eigentlich eine Großtante, war in Mauthausen ermordet worden. Onkel Karl. In Wien war bereits die Proklamation zur Unabhängigkeit Österreichs unterschrieben worden.

In Mauthausen wurde noch vergast. Am 28. April wurden 42 Männer umgebracht. Einer davon war der Onkel. Im Herbst 1944 waren die Männer ins Konzentrationslager gebracht worden. Politische Häftlinge, die in der „Welser Gruppe“ Widerstand geleistet hatten und von einem Spitzel verraten worden waren. Den Befehl gab Gauleiter Eigruber persönlich. Am 28. April wurden die Männer vergast. Am 29. April wurden in der Gaskammer der Einfüllstutzen, das Rohr mit dem Schlitz und der Ventilator abmontiert. Beschädigte und zerkratzte Fliesen wurden ersetzt. Am 5. Mai rückten die ersten Amerikaner im KZ Mauthausen ein. Der Onkel war nicht mehr verbrannt worden, sondern außerhalb des Lagers verscharrt.

Die Tante war ebenfalls verhaftet worden. Zu einigen Verhören wurde sie nach Mauthausen gefahren. Sie überlebte die Bombardierung des Frauengefängnisses in der Kaplanhofstraße und wurde in das Lager Schörgenhub überstellt. Dort wurde am 27. April ihre Freundin erschossen. Auch für die Tante war schon eine Grube ausgehoben. Der Sohn der Freundin war fünf Jahre alt, ihr eigener neun. Vom Tod ihres Mannes erfuhr sie nach der Befreiung.

Soweit sie zurückdenken konnte, nahm ihre Familie jeden ersten Sonntag im Mai an der Befreiungsfeier im Konzentrationslager teil. Dunkel stieg die Erinnerung an ein ihr heute fremdes Kind auf, das von den beiden Öfen im Keller fasziniert gewesen war. Als Kindergartenkind hatte sie den Anblick der massiven Ofentüren als Sensation empfunden. Märchen und Wirklichkeit stimmten plötzlich überein. Ein aufgeregtes Kind, der Hänsel-und-Gretel-Welt noch nicht entwachsen, wollte mehr wissen über den Verbrennungsvorgang. „Haben sie ihn da hineingeschoben, haben sie ihn da hineingeschoben, den Onkel Karl?" Die Erwachsenen baten sie, leise zu sein. Eine Frau, die sie nicht kannte, weinte. Sie strich ihr über die Zöpfe und flüsterte im Singsang einer fremden Sprache.

Die Tante hatte eine Tafel anbringen lassen. Mit Namen, Häftlingsnummer, Geburtsdaten und Sterbedaten des Onkels. Er hatte bei der Bundesbahn gearbeitet. Auch das wurde vermerkt. Er war Lokführer gewesen und es hatte Gewicht, Eisenbahner zu sein. Das Foto auf der Tafel zeigt einen jungen, lachenden Mann in Anzug und Fliege. Die Aufnahme war auf einem Ball gemacht worden. Bevor die offizielle Befreiungsfeier begann, ging die Familie ins Krematorium und befestigte mit einem Klebeband neben dem Bild des Onkels eine rote Nelke.

Die Märchenwelt löste sich auf. Aber noch immer blieben verschiedene Welten. Die Familienwelt, die eine andere war als die Welt der Freundinnen und wieder eine andere als die Außenwelt. Es gab Überschneidungen und Überlappungen, dann wieder wurde der Abstand zwischen den Welten größer. Wie zwischen Eisschollen, die auseinander driften. Es war ihr nicht möglich, diesen Abstand zu überspringen.

Die Befreiungsfeier fiel mit dem Muttertag zusammen. Der Muttertagsausflug führte ins KZ Mauthausen und war deshalb kein Ausflug. Jedes Jahr fuhren sie nach Mauthausen. Und obwohl es eine Befreiungsfeier war, war Mauthausen der schwerste Tag im Jahr.

– Was macht ihr am Muttertag, fragte die Mutter einer Schulfreundin.

– Wir fahren nach Mauthausen.

– Mauthausen, das wäre auch einmal eine Idee. Wo kann man dort gut essen?

Gib immer nur zu, was sie schon wissen. Diesen Satz kannte sie. Sie hatte gedacht, dass er zu einer anderen Zeit gehörte. Der Satz fiel, wenn die Großmutter und die Tante über früher sprachen. Die Tante holte den jüngeren Bruder vom Kindergarten ab. Sie kümmerte sich um ihn, bis die Mutter von der Arbeit heimkam. Die Großmutter passte auf die Kinder auf, wenn die Eltern am Abend nicht zu Hause waren. Die Großmutter und die Tante sprachen vom Karl und vom Fritz und von der Gisela, und das Kind, das dabei stand, weil es eine Orange geschält haben wollte oder weil es Hilfe brauchte bei der Handarbeit am Waschlappen für die Schule, wäre nicht auf die Idee gekommen, dass sie über Tote sprachen, so nah waren sie in den Geschichten, und es wäre auch nicht auf die Idee gekommen, dass es in den Gesprächen ums Überleben ging. Gib immer nur zu, was sie schon wissen. Und wenn sie dich zum Verhör holen, versuche in der Nähe der Wand zu bleiben. Damit sie dich wenigstens nicht hinterrücks schlagen können.

Die Großmutter war 1936 als junge Frau mehrere Monate eingesperrt gewesen. Sie hatte auf der Postalm an einer Schulung teilgenommen und war bei der Rückkehr noch in den Wanderschuhen verhaftet worden. Wegen Hochverrats wurde sie angeklagt. Gruppenbildung und Schriftenverbreitung warf man ihr vor. Die Zelle teilte sie mit zwei Zigeunerinnen. Eine Frau war im Alter der Großmutter, die andere hatte weiße Haare. Die beiden halfen ihr, mit dem Gefängnisalltag besser zurechtzukommen. Wenn die Großmutter vom Gefängnis erzählte, erzählte sie nicht von Schlägen oder vom Hunger und nicht vom Verrat, durch den sie aufgeflogen war. Sie erzählte von den Liedern, die sie sich gegenseitig beigebracht hatten. Die Großmutter war im Chor der Kinderfreunde gewesen. Sie kannte Arbeiterlieder, Volkslieder und Küchenlieder und sie sang gern. Aus dem Gefängnis brachte sie ein neues Lied mit. Das Lied *Trauriger Sonntag*. Ein melancholisches Lied von einer unglücklichen Liebe. Düster und bedrohlich zog die Melodie auf, erhob sich schluchzend, um in dunklen Tönen der Hoffnungslosigkeit zu verklingen. Von den Zigeunerinnen hatte sie es in zwei Sprachen gelernt, auf ungarisch und deutsch. Das Lied blieb bei ihr. In beiden Sprachen. Noch mit der brüchigen Zitterstimme einer Achtzigjährigen stimmte sie es an, wenn man sie darum bat.

*Szomorú vasárnap száz fehér virággal*
*vártalak kedvesem templomi imával…*
*Trauriger Sonntag mit hundert weißen Blumen*
*habe ich in der Kirche auf meine Liebste*
*gewartet…*

Die Großmutter sang den Kindern das Lied vom traurigen Sonntag und sie erzählte von der Krätze. Die Krätze kam von den Decken im Gefängnis. Die Krätze war hartnäckig, der Juckreiz unerträglich, die Salben des Arztes wirkungslos. Obwohl geschmiert und gepudert wurde und Bettwäsche und

Leibwäsche jeden Tag wieder ausgekocht wurden, gruben Milben Gänge unter die Haut und legten Eier, aus denen neue Milben schlüpften, die wieder Gänge gruben.

– Ich durfte mich nicht kratzen, erzählte die Großmutter, ich hätte mir am liebsten mit einem Messer die Haut vom Leib geschabt.

Ihre Mutter suchte Rat bei einer Kräuterfrau. Die erinnerte sich an ein Mittel gegen Parasiten aus der Viehheilkunde. Ein Schaff wurde herbeigeholt, die Großmutter vom Hals bis zu den Zehen mit einer stinkenden schwarzen Schmiere eingerieben und mit heißem Wasser abgewaschen. Eine Rosskur. Die Prozedur musste wiederholt werden. Der Gestank der Salbe war unerträglich. Die Großmutter schüttelte es, wenn sie davon erzählte. Sie suchte nach Worten, um den Geruch von Schwefel, Petroleum und Pech zu beschreiben. Sie fand die Worte nicht, um den Ekel auszudrücken und schnitt Grimassen. Die Enkel lachten. Das Kind lachte und hörte die Großmutter gerne von der schwarzen Salbe erzählen. Es dachte, dass diese Geschichte auch anderen gefallen könnte, ordnete sie aber den Familiengeheimnissen zu. Schon mit der Geschichte vom *Traurigen Sonntag* war es auf Misstrauen und Schweigen gestoßen. Es war nicht üblich, eine Großmutter zu haben, die eingesperrt gewesen war und in der Zelle mit Zigeunerinnen Lieder gesungen hatte, und es wurde auch nicht geschätzt. Sie war sich sicher, dass es sich mit der Geschichte von der Krätze ähnlich verhielt.

Seine Eisscholle driftete auf die ihre zu und nicht weiter. Die Strömung schob das Packeis ins Meer. Sie hatte zu spät bemerkt, dass das Eis brüchig war, auf dem sie standen. Im Mai würde sie alleine über den Appellplatz gehen. Hinter den Baracken würden die Wiesen blühen und auf den Hügeln ringsum die Mostbirnbäume. Sie würde gefasst sein. An der Klagemauer. An der Tafel des Onkels. Im Spalier beim Einzug der Überlebenden. Es gibt eine Würde. Es gibt ein Erbe, das sich nicht ausschlagen lässt. Es gibt Dinge, die sich nicht delegieren lassen. Es gibt keine Ausreden. Sie würde gefasst sein. Aber dann würde sich wieder das Hügelland jenseits der Mauern und Wachtürme pausbäckig ins Bild drängen und das Pochen würde einsetzen. Das Pochen und Würgen, das schwer atmen ließ und die Stimme nahm. Im Mai würde die Hand fehlen, nach der sie in den letzten Jahren gegriffen hatte. Die Hand, die sich dann um ihre Hand schloss. Er war nicht mehr bei ihr.

Schon jetzt hatte sie Mühe, sich ein Bild von ihm zu machen, sich an sein Gesicht zu erinnern.

An welches? An das der letzten Wochen mit den Schattenwangen und den Stoppelhaaren, die nach der Chemotherapie schnell, aber weiß nachgewachsen waren? An das Bild von ihm aus der Zeit, als sie sich zum ersten Mal begegnet waren und er mit wehendem Mantel und umgeschnallter Gitarre auf einer Freiluftbühne stand? An das Bild vom ärgerlichen Gesicht, wenn er vor der alten Druckmaschine stand, die wieder einmal bockte, obwohl ein dringender und großer Auftrag anstand, oder an das Bild vom konzentrierten Gesicht, wenn er mit den Kindern eine Qualle aus dem Meer schöpfte? Oder das Bild vom streiterhitzten Gesicht, wenn er zu später Stunde in Lokalen aus Lust an der Auseinandersetzung und mangels diskursfreudiger Gesprächspartner auch nicht vor schweren Beleidigungen zurückschreckte? Oder an das Bild, wenn in dem Gesicht unter ihr alle Anspannung aus den Zügen wich? Oder das Gesicht, als er, nachdem feststand, dass sein Krebs jetzt in beiden Lungenflügeln saß, gesagt hatte *Ich lebe gerne.* Aber dieses Gesicht hatte sie gar nicht gesehen. Er hatte diesen Satz in die Stille eines dunklen Zimmers geflüstert und sie war neben ihm gelegen und hatte in dasselbe Dunkel gestarrt, in dem sich bald rote Spiralen zu drehen begannen.

Von all diesen Momenten gab es keine Fotos. Und die Summe von diesen Bildern ergäbe noch immer kein Bild von ihm, wie auch die Zusammensetzung von markanten Einzelteilen dieser Bilder nur das Phantombild eines fremden Mannes ergeben würde.

Seitlich in der Fotoschachtel steckten die Trauerbilder lieber Verstorbener. Wie machten es die anderen? Schnappschüsse, Passbilder, Aufnahmen in der Natur. Viele der Verstorbenen hatte sie gut gekannt. Jetzt erst bemerkte sie, dass ihnen auch die Fotos neben den Trostsprüchen nicht gerecht wurden.

Sie legte alle Totenbilder auf. Wie Patiencekarten lagen sie auf dem Tisch. Der Schwiegervater war vor ihrer Zeit gestorben, auch sein Großvater. Aber dieser Freund und dieser Freund, der Arbeitskollege und der Nachbar waren gegenwärtig. Auf den Bildern wirkte ihr Lächeln ernst. Sie sah in fremde Augen und erstarrte Mienen. Das Foto ihres Vaters hatte sie selbst ausgesucht. Sie hatte gedacht, es entspräche ihm. Der Vater nahm Haltung an, wenn ein Objektiv auf ihn gerichtet war. Er ließ sich nicht gerne fotografieren. Er wurde stocksteif. Hier hatte ihn die Kamera erfasst, bevor er sie bewusst wahrgenommen hatte. Jetzt schaute sie ins Gesicht eines Mannes, der ihrem Vater zwar dunkel ähnelte, aber entrückt wirkte und fern.

Aus einem anderen Licht schienen die Verstorbenen herüberzuschauen. Sie dachte an Einbildung. Die Fotos waren zu Lebzeiten aufgenommen worden. Niemand hatte dabei an das Sterben und den Tod gedacht. Etwas Beunruhigendes geschah. Nicht auf den Fotos. In den Köpfen der Zurückgebliebenen. Es war kein Verlass auf das Gedächtnis. Im Schleier der Erinnerung veränderten sich die Gesichter. Sachte wurden die Achsen verschoben, die Konturen verwischt. Durchscheinend wurden Stirn und Kinn, lichtempfindlich die Wangen, verschattet die Augen. Die Bilder zogen sich zurück in dunkle Höhlen, wo es keine Schatten gab. In der Erinnerung blieben nur das Zerrbild und ein fernes Echo. Um ihn nicht auch noch als Bild zu verlieren, würde sie sich einlassen müssen auf die Dunkelheit.

Die Fotoschachtel war aus dünnem Sperrholz. Am Deckel war vom Verschluss nur mehr ein Scharnier vorhanden. Auch mit Öse hätte sie sich nicht mehr schließen lassen. Sie war zu voll. Aufgestapelt ragten die Fotos ebenfalls über den Schachtelrand, mit dem Unterschied, dass zuvor die übereinander geworfenen Fotos von der Spannung des Chaos gehalten wurden, während sie jetzt immer wieder auf den Tisch glitten.

Sie hatte ein hellblaues Album in ihr gemeinsames Leben gebracht. Schwarzweißfotos von einem Glatzenkind, einem Lockenkind und dem Zopfkind. Spätere Bilder waren nicht mehr eingeklebt worden, sondern eingelegt zwischen Deckel und erstem Blatt, zwischen den leeren Seiten, und ein Packen Polaroidfotos, deren Farben schon im Verblassen waren, wölbte die Rückseite des Albums.

Die Bilder von den ersten Lebenswochen des Kindes steckten in einem Ordner. Die Fotos vom ersten gemeinsamen Familienurlaub am Attersee waren bereits in ihrer papierenen Fototasche geblieben. Die Laden der Kommode waren voll von diesen Fototaschen, die lose übereinander lagen oder in Schachteln gesteckt worden waren, die jemand, um Platz zu schaffen, gestapelt hatte. Seine Schachtel hatte er zwischen die Stapel gezwängt. Er musste sie regelmäßig herausgenommen haben. Am Grund der Schachtel lagen ein Fünfgroschenstück, der geborstene Stimmwirbel einer Mandoline, ein Pin für Westerngitarren aus Ebenholz mit Perlmuttauge, ein großes, scharfkantiges Maiabzeichen, das aus derselben Zeit wie das Groschenstück zu stammen schien, und darüber Fotos der letzten Monate.

Vom 1. Mai ohne ihn hatte sie keine Vorstellung. Sie würde allein sein auf der Landstraße, die in Linz eine Geschäftsstraße war und deshalb die

Hauptstraße. Sie würde alleine die lange Strecke von der Blumau bis zum Hauptplatz einem Transparent folgen. Am Hauptplatz würde sie den Ansprachen in deutscher, kurdischer und türkischer Sprache zuhören. Wenn der Tubaspieler sein Instrument ansetzte und die anderen Musiker ihre Trompeten, Posaunen und Saxophone und der Schlägel ausholte zum Schlag auf die große Trommel, würde sie die Internationale mitsingen und dann dem Kind ein Eis kaufen. Der 1. Mai würde stattfinden. Sie würde dabei sein. Das Bild dazu fehlte.

Viele Bilder fehlten. Sie hatte kein Bild vom Begräbnis, was davor sein würde und danach. Nebenan schlief das Kind. Sie und das Kind waren jetzt nur mehr zu zweit. Auch dieses Bild fehlte. Es war drei Uhr morgens. Der Schein der Küchenlampe war grell und warf scharfe Schatten auf den Tisch. Das war die Gegenwart. Sie hielt das Maiabzeichen unters Licht. Auf der Tischplatte wuchs ein Schattengebirge.

Der 1. Mai bot neben dem Marathon eine Möglichkeit, die Stadt von der Straße aus zu spüren. Es war wie eine Zillenfahrt auf der Donau. Die Perspektive vom Wasser aus erweitert den Horizont und gibt Einblick. An den Ufern stehen keine Schallschutzwände. Die Fahrt auf dem Fluss führt an den Kehrseiten der Stadt vorbei und ist gleichzeitig die schönste Art der Annäherung. Kanäle und Betonrohre speien dunkle Säfte ins Wasser. Kläranlagen, die Türme der Industriegebiete und schwarze Schlackenberge formen sich zu einer eigenen Flusslandschaft, während das andere Ufer grünblaue Auwälder säumen mit einem gelben Königskerzenspalier und einem dichten Brennnesselwall, davor graue Schotterbänke. Von der Zille aus gab es die Wahl, das eine Ufer anzusteuern oder das andere, und auch von der Straße aus war es möglich, die Seiten zu wechseln. Diese Wahl hatte sie nicht. Der genau abgezirkelte Schein der Glühbirne gab den Bewegungsradius vor. Sie saß am Küchentisch. Rundherum war ein schwarzes Loch. Einige Stunden konnte sie bleiben. Dann würde sie hinaustreten müssen in die Finsternis, in der es keine Schatten gab. Die Fledermaus schrie lautlos, um sich zurechtzufinden. Der Menschenfisch folgte den Magnetströmen der Erde. Sie würde die Fledermaus nicht hören, die durch endlose Hallen segelte. Sie würde den Menschenfisch nicht sehen, der über den nassen Lehm glitt. Sie war für den Weg in die Dunkelheit nicht ausgerüstet. Sie war auf den Weg in die Dunkelheit nicht vorbereitet. Ein falscher Schritt und sie fiel ins Bodenlose. Eine falsche Drehung und sie schlug sich den Schädel ein. Mit den Händen würde sie sich vorantasten in der Dunkelheit, sofern es einen Halt gab, und mit den Füßen. Schritt für Schritt. Auf den Luftzug würde sie achten und hineinhorchen in die Stille. Die Arme aus Eis und die Beine. Jede Bewegung spaltet den Körper mit heißem Schmerz. Vielleicht gab es ein Vorwärtskommen. Sie wusste, dass es mit dem Vorwärtskommen nicht getan war. Es ging um die Richtung.

Sie hatte ein gutes Gespür für Pilze. Sie roch sie nach einem warmen Gewitterregen. Sie spürte sie am Saum von Lichtungen unter großen Fichten mit tief herabhängenden Ästen. Sie sah die glatten, hellen Kappen der Steinpilze, die, mit Nadeln und Waldbodenresten bedeckt, gerade zum Licht durchgestoßen waren. Sie sah die frischen, braunen Kappen, die die Erde abgeworfen hatten und jetzt mit festem Fuß auf moosigem Grund standen. Witternd ging sie durch den Wald. Sie fand die Pilze. Den Weg fand sie nicht mehr. Zwischen den Bäumen verlor sie die Orientierung. Flechten auf den Wetterseiten der Stämme halfen nicht. Sie dachte, geradeaus zu gehen, in Wirklichkeit drehte sie nach links ab. Sie zog Kreise im Wald. Größere. Kleinere. Sie stieß auf Forststraßen, von denen sie nicht wusste, dass es sie gab und wohin sie führten. Sie führten nicht aus dem Wald heraus. Sie fand sich vor tiefen Gräben oder in schmatzenden Sumpfwiesen oder am Fuß steiler Wände. Und dann waren es doch der Klang einer Kuhglocke oder das Aufheulen einer Motorsäge, die ihrem Weg eine Richtung durch die Stille gaben, sie herauslotsten aus dem Wirbel und aus dem schon dämmrigen Wald auf einen Pfad und eine geschotterte Straße.

Der 1. Mai war ein Feiertag, der sich nicht aus dem Kreislauf des katholischen Glaubensjahres oder aus der Republiksgründung ergab. Der 1. Mai war der einzige Feiertag, der errungen werden musste. Selbstverständlich war er noch immer nicht. In Linz war vom Kampftag nicht viel übrig geblieben. Die Teilnehmer am sozialdemokratischen Aufmarsch rollten unmittelbar nach der Kundgebung die mitgebrachten Fahnen ein, klemmten sie unter die Arme und strebten in gelben Helmen und roten Baseballkappen der Freizeit zu. Der nachfolgende Zug mit den roten Fahnen und der Brassband an der Spitze war nicht so groß wie der erste, dafür lauter, leidenschaftlicher und bunter. Der Rhythmus der Marching Band ließ beim Gehen keinen Marschtakt zu. Er verführte zu einer leichtfüßigen, tänzelnden Schrittfolge, wie sie einem Feiertag im Mai entsprach, wie sie aber nicht zum Versmaß der Parolen passte, die gerufen werden sollten. Es war egal. Der Zug wurde nicht wahrgenommen. Am 1. Mai hatten die Geschäfte geschlossen. Die Menschen kamen nicht mehr, um zu demonstrieren oder um einer Demonstration zuzuschauen. Und diejenigen, die in der Stadt waren, weil sie am ersten Zug teilgenommen hatten, eilten zu nahe liegenden Zielen und schauten weg. Wäre der Zug beim Schillerpark samt Lautsprecherwagen, Blechbläsern, Fahnen, Transparenten und motorisierter Polizeieskorte im Untergrund verschwunden und erst am Hauptplatz mit Klängen aus New Orleans und *Hochrufen auf die internationale Solidarität* wieder aufgetaucht – sie hätten es nicht bemerkt. Zwei Parallelwelten schoben sich aneinander vorbei, und die am Gehsteig schien sich fest vorgenommen zu haben, die auf der Straße nicht wahrzunehmen. Der Versuch, mit Hilfe von Flugblättern Kontakt aufzunehmen, schlug fehl. Kopfschüttelnd wurde die Annäherung verweigert. Aber es gab alte Bekannte, die den Zug erwarteten. Auf der Höhe der Landesbibliothek stand der Mann aus der Zeitschleife. Geht's ummi, geht's ummi, rief er seit Jahrzehnten, wenn der Zug an ihm vorübermarschierte. Beim Schmiedtor, wo die Straße eng wurde und die hohen Häuser wie Verstärker der Stimmen wirkten, wartete der Mann mit Sonnenbrille. Selbst wenn es regnete, bogen sich die Fahnenstangen im Spiegelglas seiner Brillen. Halb verborgen stand er auf den Stufen eines Geschäftseinganges. Früher hatte er fotografiert. Jetzt hielt er eine Videokamera im Anschlag. Er drückte ab, sobald sich der Zug näherte. Sein Objektiv tastete jedes der vorbeiziehenden Gesichter ab.

Am Hauptplatz, dem Ziel der Demonstration, wurde der Zug erwartet. Winkende und grüßende Menschen scharten sich rund um die Dreifaltigkeitssäule. Sie bildeten ein schütteres Spalier. Da der Zug überschaubar war und auch die Wartenden am Hauptplatz, fiel es auf, wenn jemand fehlte. Gerade für die Alten war die Teilnahme am 1. Mai wichtig. Zuerst erschienen sie mit Stock. Oder sie fuhren im Lautsprecherwagen mit. Sie kamen auf den Taubenmarkt, um zumindest die letzten Meter mitzugehen. Schließlich standen sie am Hauptplatz. Dann blieben sie aus. Meist folgte bald darauf die Todesnachricht. Die Verabschiedung fand im Urnenhain statt.

Auch die Tante war zuletzt nur mehr auf den Hauptplatz gekommen. Dann ging es nicht mehr. Das Herz war zu schwach geworden. Sie war auf der Straße umgefallen. Die Passanten hielten sie für eine Betrunkene. Die Tante konnte hören, was geredet wurde. Sie konnte sich nicht bemerkbar machen. Erst spät wurde die Rettung gerufen. Seit diesem Vorfall war sie vorsichtig geworden mit dem Fortgehen. Die Tante wohnte in einer Garçonnière. Sie erinnerte sich an einen Ohrensessel mit der Linienführung der Nierentisch-Zeit und an einen bunten runden Häkelpolster. Die Tante war ein Eishockeyfan. Ihre Favoriten waren die Spieler der damaligen ČSSR. Schieden sie aus, half sie zur

Mannschaft der Sowjetunion. Gab es ein Derby zwischen USA und Kanada, drückte sie für die Kanadier die Daumen. Die Tante hatte nicht wieder geheiratet. Während sie eingesperrt war, wurde ihre Wohnung ausgebombt. Sie hatte eine Witwenpension beantragt. Die zuständigen Beamten mussten erst prüfen. Sie war keine Kriegswitwe. Hatte ihr Mann nicht durch eigenes Zutun seinen Tod mit verursacht? Die Beamten prüften lange. Schließlich wurde ihr eine kleine Pension zugestanden. Für alle anderen Entschädigungen aus der Opferfürsorge war die Tante zu früh gestorben. Die Geschichte der Tante gibt es auf Tonbandkassetten. Einem Historiker sprach sie ins Aufnahmegerät. Mit anderen Materialien aus dem Nachlass des Historikers wanderten sie in einen säureresistenten und brandsicheren Kasten im Archiv der Stadt. Auch ihre vermutlich letzten Worte wurden aufgezeichnet. Wieder ein Herzinfarkt. In der Notrufzentrale wurde ihr Anruf mitgeschnitten. Aber dieses Mal war der Krankenwagen zu spät gekommen. *Helft mir, helft mir,* hatte sie ins Telefon gerufen.

## *Fledermaus*

Die Kassette lag am Rand eines Bücherbrettes. Eine Mikrokassette, flüchtig abgelegt, weil der richtige Platz noch nicht gefunden war. Der richtige Platz für den Mitschnitt seines letzten Konzertes. Für einen Ausschnitt. Für ein Lied. Ihr Lied. Er hatte es ihr gewidmet und es war die einzige Aufnahme, die sie davon besaß. Knapp sechs Minuten zwischen Anrufen und Rückrufen, die nicht direkt ans Ziel gelangt waren.

Sie war nicht darauf vorbereitet gewesen, das Lied am Anrufbeantworter zu hören. Seine ältere Tochter hatte während des Konzerts die Nummer gewählt und dann das Mobiltelefon nicht mehr ausgeschaltet.

– *Schade, dass du nicht hier bist, hör zu, wie er spielt.*

Durch die Art der Übertragung und die Art der Aufzeichnung klangen die Gitarren und die Mundharmonika dünn und verstümmelt an Höhen und Tiefen. Das Rauschen des Bandes dämpfte seine Stimme. Ein Blues.

– *... So oft mecht i scho davo fliagn, do i kumm afoch net auf...*

Die Stahlseiten der Westerngitarre antworteten hart und schnell. Dann die Flüsterstimme.

– *Kumm, hüf ma.*

Warm setzte sich die Stromgitarre in Höhen ab, die scheppernd wiedergegeben wurden. Die Harp schwang sich trillernd über die Gitarren hinweg auf zu einem rauen Schrei. Staubtrocken. Kein Gramm Schmalz. Zustimmende Rufe und Pfiffe aus dem Publikum. Die Instrumente griffen das Thema wieder auf und spielten sich in eine Melodie von unendlicher Verlorenheit.

Ihr Atem ging schneller. Ein Zittern wollte sich selbständig machen. Sie drückte auf Stopp.

– Ihr seid am Anrufbeantworter zu hören. Weißt du das?

Er wusste es nicht. Sie drückte auf den Rückspulknopf und drehte den Lautstärkeregler auf Maximum. Verzerrt und rauschend setzte die Wiedergabe ein.

– Aufhören. Stopp. Sofort löschen!, hörte sie ihn schreien.

Sie hatte das Band nicht gelöscht. Sie hatte eine neue Kassette in den Anrufbeantworter gesteckt und das Band zur Seite gelegt.

Das Konzert hatte in seiner Heimatstadt stattgefunden. Es war ausverkauft und ein Erfolg wie alle seine Auftritte der letzten Zeit. Begeisterter Applaus. Zugabenrufe ohne Ende. Er hatte Pläne. Neue Lieder. Projekte mit anderen Musikern. Schreiben, singen und spielen. Er hatte Auftritte vereinbart und Verträge unterschrieben für Gigs bis in den Mai hinein.

Jetzt, knapp drei Wochen nach diesem Konzert, war er tot. Hatte sie sich etwas vorgemacht? Hätte sie es wissen müssen? Das Husten, das Spucken, der Schmerz. Die Atemnot. Unruhige Nächte, in denen er keuchend aus dem Schlaf aufschreckte. Unruhige Nächte, in denen er aufgeregt und wirr einredete auf einen Herausforderer, der in seinen Träumen lauerte und ihn in die Enge trieb. Er war nicht wachzukriegen. In höchster Bedrängnis schlug er um sich. Am Morgen fehlte ihm die Erinnerung an die Nacht. Wenn er spielte, ging es ihm gut. Der Husten war weg, sobald er die Gitarre nahm. Kein Hustenanfall, wenn er sang. Das war die Hoffnung, dachte sie. Wenn Strahlen und Chemo nicht halfen, diese Schwingungen, die Schwingungen von Gitarre und Stimme, die Schwingungen der Musik könnten den Krebs verschwinden lassen oder ihn zum Stillstand bringen; die Schwingungen könnten diesem fremden Wuchern und Wachsen in seinem Körper ein Ende bereiten. Hatte sie wirklich gedacht, dass es Hoffnung gab? Sie wusste es nicht mehr. Schon wieder fehlten Bilder. Als Toter war er ihr fremd. Als Sterbenden hatte sie ihn nie gesehen. Ihr fehlten Bilder von dem, was war, und von dem, was kommen würde. Sie wusste, Sätze würden kommen. Darauf musste sie gefasst sein. Das Beste sei es für ihn gewesen. Für alle sei es das Beste gewesen, auch wenn das hart klingt. Eine Erlösung sei es. Ausgelitten habe er. Dort, wo er jetzt sei, habe er keine Schmerzen mehr. Es sei ihnen einiges erspart geblieben. Es hätte noch schlimm werden können. Er habe sein Leben gelebt. Das Leben gehe weiter. Sie müsse stark sein. Sie müsse an die Zukunft denken. Jedes Ende ist ein neuer Anfang. Die Sätze würden kommen und auf sie abzielen. Sätze, die Trost geben sollten und Halt. Sie musste vorbereitet sein, damit die Sätze sie nicht trafen.

Hatte er gelitten? Als sie sich vor zwei Tagen von ihm verabschiedet hatte, biss er mit Genuss in eine Wurstsemmel. Die Krankenhauskost war ihm zu eintönig geworden. Eine Semmel mit Mailänder Salami hatte er sie gebeten mitzubringen, mit aufgeschnittener Essiggurke zwischen den Wurstblättern, und keinesfalls obenauf, weil die Innenseite der Semmel nicht aufgeweicht werden sollte. An der Tür des Krankenzimmers Nr. 4 drehte sie sich noch einmal zu ihm um. Er lag auf dem Bett mit der Semmel in der Hand, winkte und lächelte mit vollem Mund. Sie schickte ihm einen Kuss durch den Raum. Dieses Bild war geblieben. Er hatte nicht gelitten. Er hatte gelächelt. Andererseits stand eine Sauerstoffflasche neben seinem Bett und ein dünner durchsichtiger Schlauch führte von dort an sein Nasenloch heran. Und ein kleines, graues Kästchen lag in Reichweite, mit Knöpfen und Schaltern einer Fernbedienung ähnlich. Damit konnte er die Morphiumdosis selbst regulieren. Und ein Arzt war da, der von der Palliativstation sprach, in der es keine freien Betten gab. Sie hatte sich den Tatsachen verweigert. Sie hatte nur Bruchstücke der Wirklichkeit zugelassen. An den Pforten ihrer Wahrnehmung hatte sie einen Kontrollpunkt eingerichtet. Nicht jedes Bild durfte passieren. Es war kein Verlass auf ihre Bilder. Es kam darauf an, was hinter den Bildern war. Was hinter den Bildern war, hatte vielleicht Bestand.

Sie fror. Ein aufklatschender Wassertropfen dröhnte in der Stille und verursachte eine Gänsehaut, die sie zittern ließ. Das Licht der Lampe wärmte nicht. Es war Winter. Es war Nacht. Wahrscheinlich hatte sie vergessen, die Heizung aufzudrehen, als sie heimgekommen war. Sie sollte versuchen zu schlafen. Der neue Tag verlangte einen klaren Kopf. Ein Foto musste sie finden. Seine Dokumente suchen, seine Kleidung zurechtlegen, eine Liste machen. Wer war zu verständigen. Der Tod des Sohnes. Der Tod des Vaters. Mit welchen Worten war diese Nachricht zu überbringen. Welcher Spruch kam auf das Totenbild. Welcher Text auf die Parte. Die Feuerbestattung – hatte er jemals gesagt, dass er verbrannt werden wollte? Wie konnte sie das Zittern abstellen? An Schlaf war nicht zu denken. Auch an alles andere nicht. Die Gedanken glitten ab und glitten weg von Sarg, Grabstein und Totenbildern. Sie ließen sich nicht herbeirufen wie zu Überlegungen über die Farbe des Meeres. Ihr war, als hielte sie noch immer seine Hand. Die langen schlanken Finger mit den weißen Monden an den Nägeln und der Hornhaut an den Spitzen. Die feste Handfläche zeigte klare Linien. Am kleinen Finger war eine Narbe der Kindheit, die ein Angelhaken hinterlassen hatte, und am rechten Mittelfinger zog sich ein Wulst von der Wurzel bis zur Spitze. Beim Überklettern eines Zaunes war er an einem Eisendorn hängen geblieben. Alkohol war im Spiel. Über den Friedhofszaun wollte er klettern, um das Grab seines Vaters zu besuchen. Nach einer Familienfeier, bei der es spät geworden war. Er rutschte ab. Der Finger war der Länge nach aufgerissen. Die Wunde hatte sich infiziert und eiterte. Die Ärzte rieten zur Amputation. Der Finger war wichtig. Er brauchte den Finger zum Spielen. Er unterschrieb einen Revers und ging nach Hause. Anfangs sah es nicht gut aus. Der Finger schwoll an und wurde blau. Er gab nicht auf, behandelte den Finger zusätzlich mit Hausmitteln, Salben und Kräuterauszügen. Der Mittelfinger konnte gerettet werden. Geblieben war eine dicke Narbe und ein Gefühl der Taubheit an der Fingerkuppe.

Ihrem Großvater waren wegen Durchblutungsstörungen beide Beine abgenommen worden. Bevorstehende Temperaturstürze, herannahenden Schneefall spürte er weiterhin als brennenden Schmerz in der Zehe, die er sich als junger Mann bei Waldarbeiten gefroren hatte. Phantomschmerz. Die Nerven haben das bessere Gedächtnis. Die Großmutter hatte den Großvater überlebt. Wenn die Zeitung mit den Rätseln nicht an der gewohnten Stelle lag, galt auch nach Jahren der erste Gedanke dem Großvater, und dem Verdacht, er habe sie wieder verlegt oder auf das Klosett mitgenommen. Nach dem Tod des Vaters war die Mutter noch lange in Versuchung, sich an ihn zu wenden, wenn ihr ein Name nicht einfiel oder sie eine Entscheidung zu treffen hatte.

*Was meinst du*, wollte sie sagen oder *Hilf mir, wie hieß schnell*... Die Verzögerung dauerte nur Bruchteile von Sekunden, dann war klar, dass vom toten Ehemann keine Antwort mehr kam.

Männer starben und Frauen blieben zurück. In ihrer Familie war das nicht anders. Die Frauen bewegten sich plötzlich in anderen Koordinaten. Vom bisherigen Leben zogen sie sich zurück. Einerseits wurden die Namen der Verstorbenen aus Adressenlisten gestrichen. Einladungen blieben aus.

Auch Zeitungen oder Mitteilungen, die beide gelesen hatten, kamen nicht mehr mit der Post. Andererseits schien es wichtig, Erlebnisse zu teilen. Es war nicht vorstellbar, allein ins Kino zu gehen, in ein Gasthaus oder auf einen Berg. Neue Wege waren wichtig. Der Besuch auf dem Friedhof wurde zur Konstante im Alltag. Sie hatte die Großmutter auf den Friedhof begleitet und auch die Mutter. Der Jahreszeit entsprechend hatte sie ihnen geholfen, Blumenzwiebeln für den Frühling zu setzen oder Immergrün. Sie hatte Wasser in friedhofseigenen Gießkannen zum Grab gebracht, verdorrte Pflanzen, verfaulte Schnittblumen oder Kerzenreste in die dafür vorgesehenen Container geworfen und Nüsse hinterlegt. Im Schnee für die Saatkrähen, im Moos für die Eichkätzchen. Und jetzt sollte auch sie dazugehören, zu den Zurückgelassenen, die ihre Zeit neu einteilen und versuchen, den Verstorbenen nahe zu sein mit Grabsteinwaschen, Unkrautzupfen, Kiesstreuen und Kerzenanzünden. Sie hatte das Gefühl, er liege drüben im Bett. Gleich würde er aus dem Badezimmer kommen oder die Tür aufsperren, erstaunt darüber, dass sie noch wach war, denn es war spät. Aber es war spät geworden. Es war Fasching.

Sie stand auf, um eine Jacke zu suchen. Sie vermied es, im Vorraum das Licht aufzudrehen. Sie tastete sich durch die dunkle Wohnung. Erst jetzt bemerkte sie, dass ihr Körper in Aufruhr war. Die Hand zitterte und die Beine. Sie fror mit heißer Haut. Der Magen krampfte. Der Atem ging in Stößen.

Keine Panik, dachte sie, keine Panik.

Nebenan schlief das Kind. Ahnungslos. Vermutlich verstrickt in wispernde Träume. Wenn es aufwachte, würde die Zukunft in weite Ferne versetzt worden sein und zur Vergangenheit erklärt, was längst noch nicht abgeschlossen war. In der Nacht war die Gegenwart zu einer Aneinanderreihung von blinden Tagen verkommen. Das Kind wusste es noch nicht.

Das Kind und er hatten Geschichten erfunden. Die Abenteuer dachten sie sich gemeinsam aus. Sie jonglierten mit Stichwörtern, bis sich das Zusammenspiel der Gedanken zu erzählerischer Form verdichtete: *Wie geht es weiter. Du bist dran. Jetzt wieder du, ich bin schon sehr gespannt.* In der letzten Geschichte, von der sie wusste, segelte ein Hund durch die Galaxien. Der braune Bruno mit den bernsteingelben Augen. Auf einem Keyboard. In Sternschnuppenbegleitung. Musik war im All. Jeder Planet hatte seine eigene Dur. Es war ein Tönen und Brausen. Eisklang, Glasklang, Wasserklang. Der Hund stimmte auf den Tasten ein Lied an. Die Sterne der Milchstraße sirrten. Die Ringe des Saturns stießen aneinander und klapperten sacht. Sonnenwinde bliesen in Kugelsternhaufen, dass die Funken stoben. Alle Himmelskörper tanzten mit vollem Schwung. Ein lang gezogenes Heulen kam vom Mond. Ein Klagelaut. In einem tiefen Krater strampelte das Mondkalb und rief um Hilfe. Es sprang auf und kletterte, um aus dem Krater herauszukommen, aber auf halber Höhe rutschte es wieder zurück in den schwarzen Trichter. Vom Kraterrand löste sich Sand, der unaufhörlich rieselte und dem Mondkalb den Halt nahm. Zum Springen reichte die Kraft des Mondkalbes nicht aus. Vorsichtig steuerte der Hund das Keyboard zum Mondkalb hinunter.

– Halte dich an der C-Dur fest.

– Ich kann nicht.

– Du kannst. Halte dich an der C-Dur fest.

– Ich trau mich nicht. Ich bin nicht schwindelfrei.

– Hab keine Angst.

– Ich weiß nicht, wo die C-Dur ist.

– Jetzt komm schon, sagte der Hund, vertrau mir und halt dich fest.

Das Mondkalb klammerte sich an die Tasten. Der Hund sang eine Strophe vom Lied von der Schwerelosigkeit und das Keyboard glitt aus dem schwarzen Loch hinein ins samtene Blau des Alls. Am Anfang hielt das Mondkalb die Augen fest geschlossen. Es war verzagt und hatte Angst. Die

Neugier siegte. Vorsichtig öffnete es ein Auge, sah explodierende Sterne, zarte Leuchtnebel und die Planeten auf ihren Bahnen. Das Mondkalb riss beide Augen weit auf. Kurze Zeit flogen sie am Ufer eines Meteoritenstroms entlang. Das Mondkalb ließ die Tasten los und griff sich eine Hand voll Sternenstaub. Es war ganz einfach. Überrascht und noch sehr vorsichtig schwebte das Mondkalb neben dem Hund und dem Keyboard. Der Hund lachte und spielte. Seine Musik glühte auf wie der Antrieb einer Rakete. Sie hielten Kurs auf die Sonne und wollten weiter. Bei klarer Nacht, sieben Minuten nach Mitternacht, so endete die Geschichte, sind die bernsteingelben Augen des Hundes am Rande des Andromedanebels zu erkennen.

Im Dunkeln fand sie die Jacke nicht. Ihre Finger ertasteten einen Pullover, der ihm gehörte. In einem ersten Impuls wollte sie ihn überstreifen. Erschrocken legte sie das Kleidungsstück zurück. Das Selbstverständliche war fremd geworden. So wie immer war es nicht mehr. Für alles andere war es noch zu früh. Sie tappte zurück in die Küche und ließ den Wasserhahn laufen. Sie hielt ihre Pulsadern unter den kalten Strahl. Ein Schluck Wasser. Manchmal half Wasser gegen Angst. Sie zwang sich zum ersten Schluck. Dann leerte sie das Glas. Das Zittern verebbte nicht. Der Wasserhahn hörte nicht auf zu tropfen. Die Kälte kam von innen. Dagegen half die Heizung nicht und kein Pullover. Die Kälte kam mit der Angst. Wie das Erstarren. Die kleinste Bewegung wurde zum ungeheuren Kraftaufwand. Sie kannte das Gefühl, stundenlang auf die Decke zu starren oder auf den Kratzer der Tischplatte, der zum Spalt wurde, zur Kluft, die hinunterzog. Regungslos. Und im Innern rasten die Bilder. So schnell, dass nur ein weißes Standbild blieb und das Beben.

Sie stand auf dünnem Eis. Die Gefahr, beim Weitergehen einzubrechen, war groß. Die Gefahr, beim Stehenbleiben zu erfrieren, auch. Jeder Schritt barg eine Gefahr. Das Innehalten die nächste.

Ihr Körper hatte sich in Bewegung gesetzt. Vorsichtig. In der Küche ging sie auf und ab. Am Schein der Lampe vorbei zum Regal. Zurück zur Tür. Von der Tür zum Fenster. Vom Fenster zum Tisch. Vom Tisch zum Wasserhahn. Am Schein der Lampe vorbei zum Regal. Der Boden knarrte. Sie trat fest auf. Sie wollte Schritte hören. Ihre Schritte. Schritte gegen die Angst. Schritte gegen das Erfrieren. Schritte gegen das Erstarren. Am Tisch vorbei. Licht fiel auf den Arm. Das Zittern ließ nach.

Nach langem Überreden hatte sie eingewilligt, mit ihm in die Höhle zu schwimmen. Er hatte die Höhle beim Schnorcheln entdeckt. Die Fischer wollten keine genaueren Auskünfte geben und auch nicht der Bauer. Die Höhle lag im Gebiet ihrer Fischgründe. Er ruderte mit dem Schlauchboot aus der Bucht hinaus, die Küste entlang und zur Insel hinüber. Vom Strand aus gesehen war sie nicht mehr als ein grauer Strich im Dunst. Er ließ sich vom Morgenwind hinaustreiben. Am frühen Nachmittag, als sich der Wind gelegt hatte, kehrte er zurück. Das Boot war für weite Strecken nicht gedacht. *Nicht mehr als 300 Meter von der Küste entfernen*, stand auf dem Schlauchboot und *Vorsicht bei ablandigem Wind*. Sie hatte nichts übrig für Schlauchbootabenteuer. Sie hatte nichts übrig für den Oktopus, den er in der Höhle aufgestöbert hatte. Und für die Gaskartusche, auf der dieser Oktopus zubereitet werden sollte. Es waren ihre ersten gemeinsamen Ferien. Sie waren sich selbst genug und nichts war selbstverständlich. Sie wussten noch nicht viel voneinander. Sie lebten in verschiedenen Städten, telefonierten viel und sahen sich nur am Wochenende. Die Last des Alltags blieb ausgeblendet. Sie hatte keine Erfahrung mit dem Campieren. Ihr Schock ließ sich kaum verbergen. Sie waren die Küstenstraße entlang zwischen riskant überholenden Lastwägen und hoch aufgepackten Zastavas Richtung Dalmatien gefahren. Gerüttelt von den Böen der Bora hatten sie die Straße verlassen und waren einem selbst gemalten Schild mit der Aufschrift *Kemp/Sobe* in einen Weiler in der Nähe von Trogir gefolgt. Sie dachte an Erholung, hatte Bücher und eine Hängematte im Gepäck und wusste nicht, dass er in Bewegung sein würde, ununterbrochen. Das Schild führte zu Ivo, einem Bauern, der Zimmer vermietete. Er bot ihnen an, am Rande seines Olivengartens das Zelt aufzustellen. In einem Macchiawäldchen war eine Art Donnerbalken errichtet. Zum Meer führte ein Eselspfad. Der Bauer bat sie, mit dem Wasser aus der Zisterne sparsam umzugehen.

– Das ist mir eine Spur zu viel Natur, hatte sie gesagt, als der aufbrausende Wind den Aluminiumtopf mit der Bohnensuppe vom Gaskocher blies und sie die Trübung des Zisternenwassers betrachtete und an Schwebstoffe dachte und gleichzeitig daran, wie sich die Berührung mit diesem Wasser vermeiden ließ. Zuvor war sie über einen Stein gestolpert und hatte einem kleinen durchsichtigen Skorpion den Unterschlupf genommen. Kein Wort war wahr von der großen Freiheit unter Sternen. Sie fühlte sich eingeschränkt. Skorpione, Käfer und Gelsen lauerten und beim Donnerbalken in der Macchia wahrscheinlich auch Schwarze Witwen. Eine widrige Umwelt erschwerte jeden Handgriff. Sie hatte andere Vorstellungen von Freiheit.

Er hatte die Bohnen von der steinigen Erde geklaubt und geantwortet, das sei keine Frage der Natur, sondern eine des Hausverstandes, eine

Feuerstelle brauche einen Windschutz, aber sie habe ja nie behauptet, eine Praktische zu sein. Darüber hätten sie eben reden müssen.

Kroatien war noch eine Teilrepublik Jugoslawiens. Vom Krieg, der kommen sollte, ahnten sie nichts. Aber es lag eine Spannung über dem Land und eine Lähmung, die auch in der Weinlaube des dalmatinischen Bauern zu spüren war. Der Fernseher wurde abgeschaltet, sobald ein Mitglied der Regierung ins Bild kam.

– Sie sagen alle das gleiche. Sie lügen, sagte Ivo.

Auf seine Landsleute im Kosovo und in Makedonien war er nicht gut zu sprechen. Faulenzer, die nichts arbeiten, weil sie mit dem Kindermachen beschäftigt sind. Dafür mussten andere bezahlen. Leute wie er, die um halb fünf aufstehen und um zehn Uhr ins Bett gehen und dazwischen nichts anderes kennen als Arbeit, Arbeit, Arbeit.

Ich liebe das Meer nicht, sagte er, ich bin Bauer. Trotzdem tuckerte er im Morgengrauen mit einem weißen Boot aufs Meer, um sein Netz einzuholen. Kartoffeln und Gemüse kamen aus dem Garten, in dem die Frau jeden Zentimeter der roten Erde zur Selbstversorgung nutzte. Das Olivenöl war wertvolle Tauschware. Der Elektriker kam schneller, der Rechtsanwalt nahm die Flaschen mit dem grünen Öl und auch in fernen Ämtern ließen sich damit Dinge klären. Ivo vermietete zwei Zimmer seines

Hauses und den Schatten zwischen den Olivenbäumen. Was er dafür verlangte, war nicht viel, aber D-Mark wollte er sehen, keinen Dinar. Er lud sie zum Nachtmahl ein. Sie saßen auf seiner Veranda vor einem Teller Bakalar mit Kartoffeln. Der Stockfisch, getrockneter Kabeljau, wird einen Tag vor der Zubereitung in Wasser eingeweicht, gekocht, dann mit dünn geschnittenen Kartoffeln und Knoblauch in eine Auflaufform geschichtet, mit Olivenöl übergossen und gebacken. Auch Ivos Frau und die Mieter der Fremdenzimmer, ein älteres Ehepaar, Stammgäste aus Teplice, und ein junges Ehepaar aus Zagreb, waren zum Essen gekommen. Der Bakalar lag schwammig auf der Zunge, schmeckte salzig und war trotz Olivenöl und Knoblauch gewöhnungsbedürftig. Wein und Travarica lösten die Befangenheit und überwanden Sprachbarrieren. Es ging gut, solange nicht politisiert wurde. Es dauerte nicht lange. Ein Wort ergab das andere. Die Ehepaare zogen sich schnell in ihre Zimmer zurück. Die Zagreber verstanden nicht, was verwerflich daran sein sollte, auf einen Westwagen zu sparen. Die Teplicer reagierten kühl auf den Einwurf, in Österreich habe nicht jeder die Freiheit, Jahr für Jahr an die Adria in den Schatten einer Weinlaube verschlagen zu werden. Auch Ivo und seine Frau verabschiedeten sich früh. Sie blieben zurück mit einem angebrochenen Abend und einer angebrochenen Flasche Wein und einem abgebrochenem Gespräch. Er hatte nicht argumentiert, sondern war sofort polemisch geworden. Sie hatte sich nicht nur geärgert. Es war ihr peinlich gewesen. Er war ihr fremd.

– So wirst du niemanden überzeugen, sagte sie. Sie kennen die freie Marktwirtschaft nicht, deshalb wollen sie sie haben. Und du kennst nur die Theorie von der Planwirtschaft und von der Selbstverwaltung. Großer Geist, bewahre mich davor, über einen Menschen zu urteilen, ehe ich nicht eine Meile in seinen Mokassins gegangen bin, sagt ein Sprichwort der Apachen, oder einige hundert Kilometer in seinem Yugo gefahren.

– Mir wäre es nicht recht, wenn einer in meinen Schuhen herumläuft, um zu sehen, was ich im Kopf habe. Immer musst du Milch geben.

– Und du allen sofort mit dem Hintern ins Gesicht fahren.

Das Gespräch blieb unergiebig. Ein Gecko lauschte kurz, bevor er über die rau verputzte Mauer aus dem Blickfeld huschte. Einen Augenblick dachte sie, das wird nichts. Der kleinste gemeinsame Nenner ist zu gering.

Wer die Nerven verlor, verlor den Geliebten. Sie wussten beide, dass nach einer Woche Urlaub eine Trennung in den Bereich des Möglichen gerückt war. Die Lethargie, die auf das windzerzauste Land drückte, hatte sich auch ihrer bemächtigt. Sie schaukelte in der Hängematte, er im Schlauchboot. Sie redeten nur das Notwendigste und vermieden es, sich anzusehen.

Wer den ersten Schritt gemacht hatte, wusste sie nicht mehr. Sie lagen nicht mehr voneinander abgewandt im Zelt und auch Gespräche fanden sich wieder. Er habe nicht vorgehabt, den Oktopus zu töten. Aus der Zeit der Jäger und Sammler sei die Lust am Entdecken geblieben, sagte er, und dazu brauche er keine Harpune. Taucherbrille und Schnorchel genügen. Sie war einverstanden, sich von ihm die Höhle zeigen zu lassen. Sie waren ausgerüstet wie für eine Expedition. Taucheranzüge, Bleigürtel, Schnorchel, Flossen, Taschenlampe. Das Boot hing schwer im Wasser. Sie wechselten sich ab beim Rudern. Von außen war die Höhle kaum zu erkennen. Ein kleiner Spalt zwischen Meer und scharfkantigem Fels. Er gab Anweisungen. Gegen die Kälte stopfte er ihr eine Lage Zeitungen in den Taucheranzug. Das Boot wurde an einer ausgewaschenen Felskante vertäut. Ein großer Stein am Meeresboden diente als Anker.

Ist das Wasser nicht zu hoch? Gibt es genug Luft in der Höhle? Wie ist es mit dem Licht? Gibt es Strömungen?

– Das habe ich dir doch alles schon gesagt. Es ist wunderschön. Du wirst sehen.

Er schwamm voraus, deutete zu warten und verschwand im Spalt.

Sofort machte sich Unbehagen breit, Angst. Die Gedanken verfingen sich in einer Endlosschleife.

Ich muss da nicht hinein. Niemand zwingt mich. Noch kann ich umkehren, dachte sie, und sagen, ich habe es mir überlegt. Ich bin kein Fisch. Ich bin kein Höhlentier.

Dann sah sie seine Hand. Weil sie nicht reagierte, schlug er aufs Wasser. Sie nahm den Schnorchel in den Mund und tauchte hinter ihm in den Spalt. Die Taucherbrille lief an. Sie sah nichts mehr. Er hatte ihr die Strecke erklärt. Fünf kräftige Tempi, dann weitet sich der Fels. Sie schwamm nicht. Sie strampelte. Schlug um sich. Vergaß auf den Schnorchel. Spuckte Salzwasser. Dann spürte sie sich gepackt und hineingezogen in ruhiges Wasser. Sie riss sich die Brille vom Kopf. Der Fels bildete eine hohe Kuppel über ihr. Erst im zweiten Augenblick sah sie, dass es nicht dunkel war in der Höhle. Aus einem unter Wasser liegenden Eingang drang Licht und färbte das Wasser tintenblau. Ihre Hand und alles, was sich im Wasser bewegte, leuchtete silbern. Er schwamm zu ihr und nahm sie in die Arme. Sein Kuss schmeckte frisch, nach Salz und Meer. Die Wellen des Lichts wurden im Wasser zu silbernen Kräuseln und elektrisierten ihre Körper, als sie sich berührten. Im blauen Licht wurde sie leicht und unbeschwert. Die Taucherbrille schaukelte neben ihr. Sie überließ sich seinen Händen und dem Glucksen und Gluckern, das von den Felswänden kam.

Das Wasser war klar. Große Fische standen über dem Schotterboden. Helle, abgeschliffene Steine gaben ihnen Tarnung. Der Schlag einer Flosse verriet sie oder eine jähe Kopfwendung. Er zeigte auf einen Schwarm kleiner Fische, der knapp unter der Wasseroberfläche Bahnen zog. Die Fische flirrten silbern im Licht, dann wieder glänzten sie blau. Durch die Taucherbrille gesehen, wirkten sie größer. Sie hielt sich ruhig. Die Fische waren nicht scheu. Der Schwarm kam ganz nahe an sie heran, drehte ab und verschwand wie ein Kometenschweif im dunkleren Teil der Höhle.

Das Wasser war unruhig geworden. Es klatschte an die Wände und sprang zum Felsvorsprung hoch, auf den er den Bleigürtel und die Taucherlampe gelegt hatte. Er nahm ihre Hand und zog sie auf den Weg, den der Strahl der Lampe wies. In den Raum hinter der Kuppel drang kein Licht von draußen. Dieser Teil der Höhle schien niedriger, aber doch hoch genug, um die Decke im Dunkel zu lassen. Trotz Taucheranzug spürte sie das schwarze Wasser. Es war kalt und unheimlich. Der Lichtstrahl senkte sich ins Wasser und tastete den

Boden ab. Ein Keil aus milchig blauem Licht spaltete die Dunkelheit. Er drückte ihr die Lampe in die Hand und fixierte die Richtung, in die sie den Lichtstrahl lenken sollte. Dann tauchte er ab. Sie ließ das Licht langsam durch das Wasser gleiten bis zur Höhlenwand. Er schwebte über dem Boden und hielt sich an Felsen fest, um dem Auftrieb standzuhalten. Das Wasser an dieser Stelle war tief. Ohne Bleigürtel und Felsen wäre er sofort nach oben geschossen wie ein Ball. Er tauchte ohne Sauerstoffflasche. Immer wieder kam er hoch, füllte die Lungen und glitt wieder die Höhlenwand hinunter, schaute unter Felsnasen, in Spalten und Einbuchtungen. Er schien nicht zu finden, was er suchte. Er gab auf. Er drehte um, schwamm im Lichtkanal auf sie zu und stieß unmittelbar vor ihr aus dem Wasser. Er rang nach Atem. Er schüttelte den Kopf. Kein Oktopus.

Er nahm ihr die Lampe ab und richtete den Strahl auf seinen Bleigürtel.

– Möchtest du?

Sie schüttelte den Kopf.

– Angst?

Sie schwieg.

– In Höhlen fühle ich mich wohl und geborgen, sagte er. Alle dunklen Räume haben etwas Vertrautes, Schützendes. Hinter jedem Fels wartet ein Geheimnis, eine Überraschung, eine Gefahr.

Der Strahl der Lampe stocherte in den Nischen des Felses, wanderte die Wand entlang zur Decke, die im Licht schief über ihnen hing, bis zu einem Vorsprung.

Im verharrenden Licht entstand Bewegung. Das Dunkel schwang in den Lichtkegel hinein und hinaus und löste sich plötzlich mit einem schrillen Kreischen. Er hatte Fledermäuse aufgeschreckt. Immer mehr Tiere drängten sich in die Lichtscheibe und flatterten zeternd in jenen Teil der Finsternis, die der Lichtstrahl nicht mehr traf. Die Luft über dem Wasser schien aufgewühlt. Es roch nach Taubenschlag und Kötel.

An Fledermäuse hatte sie nicht gedacht, als sich das Dunkel zu regen begann. Vermutlich träumten die Tiere hier im Schutz vor der Mittagshitze von der nächtlichen Jagd. Sie aber hatte an einen Deckeneinbruch gedacht oder eine Sinnestäuschung, verursacht durch mangelnden Sauerstoff. Im ersten Schrecken hatte sie sich schreiend an ihn gekrallt. Darauf war er nicht vorbereitet. Er schluckte Wasser. Das Lampenlicht pendelte die Wände entlang. Er schluckte wieder. Sie schrie. Er schüttelte sie ab wie eine lästige Last.

– Willst du mich ersäufen?

Sie war starr vor Angst und außer Atem vom Schreien.

– Willst du mir die Lampe aus der Hand schlagen? Siehst du im Finstern? Findest du hinaus?

– Warum hast du die Fledermäuse nicht in Ruhe gelassen, keuchte sie. Warum lässt du mich nicht in Ruhe mit deinen Späßen? Was willst du mir zeigen? Dass ich schreckhaft bin? Ja, das bin ich. Ich bin kein Fisch. Ich bin kein Höhlentier. Ich bin keine Zeltkriecherin. Bleib du allein in deiner Höhle, in deinem Zelt, in deinen Schuhen.

Die Sonne hatte ihren Höchststand überschritten. In der Kuppelhalle floss nur mehr ein Rinnsal blauen Lichts. Den Spalt nach draußen versperrten Wellen. Das Wasser war gestiegen. Sie warteten auf einen günstigen Moment. Sie sollte die Höhle als erste verlassen. Als die Welle besonders hoch an die Wand gegenüber klatschte, holte sie Luft. Mit dem hinausziehenden Wasser tauchte sie weg. Die Taucherbrille lief an. Keine Panik. Fünf kräftige Tempi. Was sie auf der anderen Seite erwartete, wusste sie.

An kurzer Leine tanzte das Schlauchboot im Wind. Sie hievte sich hoch und rollte ins Boot. Sie zerrte sich den Taucheranzug vom Leib. Dann blieb sie liegen mit ausgebreiteten Armen und gespreizten Beinen. Ihr Gruß an die Sonne. Die Wärme ließ sie schauern. Dem Licht wollte sie sich öffnen.

Dann stemmte sich er ins Boot und lag neben ihr. Auf der Rückfahrt wechselten sie sich beim Rudern ab.

Er war fremd geblieben. Er war ihr vertraut geworden in seiner Fremdheit. Sie hatten sich angenähert. Sie waren aufeinander zugegangen, darauf bedacht, den Abstand zu halten, der notwendig war, um einander zu erkennen. In diesem Spannungsfeld entstand Energie, die bleiben sollte. Sie ließ sich Liebe nennen.

Vom Licht der Lampe zum Regal. Vom Regal zur Tür. Ein Schritt. Sie war außerhalb des beleuchteten Bereichs. Von der Tür ins Schlafzimmer. Das Bett. Das Buch, die Gitarre. Sie konnte sich nicht vorstellen, in diesem Bett zu liegen, das Buch zuzuschlagen und die Gitarre in den Koffer zu sperren. Eine Hinterlassenschaft, die nicht zu fassen war. Witwengespräche, deren Bedeutung klarer wurde.

– *Ich habe sofort alles gewaschen, aber dann war sein Geruch nicht mehr da und ich konnte nichts rückgängig machen.*

– *Ich habe seine Kleidung erst nach Jahren weggegeben.*

– *Seine Liebesbriefe kann ich bis heute nicht wieder lesen.*

*– In der Tiefkühltruhe waren noch Semmelknödel und Suppenstrudel, die er gemacht hat. Wir haben sie gegessen.*

Sieben große Schritte maß das Schlafzimmer in der Länge, fünf große Schritte in der Breite.

Sieben Schritte, die sie nicht zu ihm brachten und nicht von ihm weg. Die Schritte brachten sie in die Dunkelheit. Das Zimmer tat sich auf zu einem weiten, fremden Raum. Sie würde lernen müssen, sich darin zurechtzufinden. Wie der Menschenfisch in seiner Grotte würde sie sich an die Dunkelheit gewöhnen. Mit tränenblinden Augen. An eine Landschaft verschwommener Konturen.

Vielleicht konnte sie ihn herbeirufen. Es gab Tonträger. Eine Langspielplatte, CDs, Kassetten, ihr Lied. Sie könnte die Platte auflegen oder eine CD ins Fach schieben.

Es war unmöglich. Jetzt seine Stimme zu hören, war so wenig vorstellbar, wie das Licht aufzudrehen oder sich mit Alkohol zu betäuben.

Seine Stimme würde bleiben. Das hatte er anderen Toten voraus. Er war nicht zufrieden mit den Aufnahmen. Falsch gemischt, zuviel Hall, die Stimme zu hoch, das Keyboard dominant. Es war nicht seine Stimme, sondern seine Stimme, wie sie der Tontechniker hören wollte. Es würde dauern, bis sie sich seine Lieder wieder anhören konnte. Es würde dauern, bis sie sich an die verstummte Wohnung gewöhnt hatte.

Wir wissen nicht, wann wir gehen müssen, und das ist ein Glück. Ein Trostspruch, den sie selbst anderen zugeflüstert hatte. Weil sie es nicht besser wusste. Für die Zurückgebliebenen ist es kein Glück. Es hätte nichts geändert, wenn sie auf seinen Tod vorbereitet gewesen wäre. Sie würde durch die dunkle Wohnung tappen und frieren. Sie würde keinen Schlaf finden und keine Ruhe. Es gab tausend Worte, die nicht gesagt worden waren. Es gab tausend Verletzungen, die nicht vermieden worden waren. Es gab tausend Begebenheiten, die in der Erinnerung nicht gespeichert worden waren. Ein Bild gab es, das verschwommen war und zerrann, ein Bild, das flirrte, sich auflöste, andere Konturen annahm, um sofort wieder mit dem Hintergrund zu einem diffusen Fleck zu verschmelzen. Ein Bild, das vielleicht im Fixierbad der Tränen deutlicher wurde. Die Tränen kamen nicht.

Im Kinderzimmer setzte sie sich an den Rand des Bettes. Das Kind seufzte auf im Schlaf, als sie seine Hand nahm. Die Hand war warm und weich. Das Kinderzimmer war klein, wie alle Kinderzimmer. Vier Schritte in der Länge, drei in der Breite. Vorsichtig trat sie auf. Stofftiere und Kleidungsstücke lagen am Boden. An der Decke klebten phosphoreszierende Sterne. Glänzende Knopfaugen starrten ihr nach. Eine Einbildung. Es war finster. Nur die Sterne an der Decke leuchteten schwach. Sie hörte das Kind atmen. Rund um das Kind wachten die gläsernen Augen. Das wusste sie, weil sich ein Bild des Zimmers im Kopf eingeprägt hatte. Dieses Bild sagte ihr, was sich in der Dunkelheit verbarg. Das Bild war nicht vollständig. Die Stofftiere am Boden musste sie hinzufügen. Es war auch möglich, dass in der Ecke beim Regal Fledermäuse hingen, ohne dass sie davon wusste. Das Antippen des Lichtschalters würde genügen und die Tiere segelten lautlos durch die Wohnung auf der Suche nach einem Ausgang.

# *Schacht*

Sie hatte die Tür nicht abgesperrt. Am Steinboden lagen die Zeitungen des neuen Tages. Die Zeit lief weiter ohne sie. Die Zeit draußen. Sie war zwischen die Zeiten geraten. Damit hatte sie nicht gerechnet. Zwischen Stillstand und Beschleunigung war der Fußabstreifer ein unsicherer Steg. Sie sah hinaus in die Kälte des Stiegenhauses. Noch war es dunkel. Noch war es still. Noch bestimmte der Schlaf die Bewegungen hinter den Wohnungstüren. Die Schwelle knarrte unter ihren Füßen. Sie rührte die Zeitungen nicht an.

Auf dem Tisch lag der Schein der Lampe wie eine blasse Sonne. Einsam und blass wie die Sonne in Genua an windigen Jännertagen. Jahrtausende schien es her, dass sie in diese Sonne gestarrt hatte und in den Wind, bis die Tränen kamen und der Druck nachließ. Vor drei Wochen war es gewesen. Die Bahnkarte trug sie noch in der Handtasche. Das Wörterbuch war nicht weggeräumt und der Stadtplan. An diesem Tisch waren sie gesessen. Sie hatte ihm von der Stadt mit den vielen Gesichtern erzählt und er ihr vom Konzert in der Heimatstadt. Sie hatte Nudelteig dünn ausgerollt und in Quadrate geschnitten, während er Basilikumblätter klein zupfte, um sie im Mörser mit Knoblauch, Pinienkernen und Olivenöl zu zerstoßen. Das Öl hatte sie aus Genua mitgebracht und das Basilikum. Kleinblättrige Pflanzen, deren intensiver Geschmack nicht vermuten ließ, dass sie im Winter auf der Fensterbank gezogen worden waren. Mandilli mit Pesto. Es war das letzte Gericht, das sie gemeinsam gekocht hatten. Der grünpfeffrige Geruch des Basilikums stieg ihr in die Nase und auf der Zunge lag wieder der samtig frische Geschmack des Pesto.

Sie fand es merkwürdig, dass sich die Erinnerung an den Genuss durch Gedanken an den Tod nicht löschen ließ.

– Fahr ruhig, hatte er gesagt, wir kommen zurecht. Wir sind auch bisher zurechtgekommen.

– Möchtest du nicht, dass ich dabei bin, wenn du spielst?

– Du bist dabei. Grüß das Meer. Fahr nach Genua.

– Aber du spielst…

– Ich spiele immer.

Es gab keinen Anlass, im Jänner wegzufahren, auch nicht nach Genua, und keine Dringlichkeit. Die Geschäftsführung hatte ihr geraten, auf die Stunden zu achten, die sich auf ihrem Stundenkonto als Zeitausgleich angehäuft hatten, weil sie mehr gearbeitet hatte, als vereinbart. Man hatte sie darauf hingewiesen, dass der Jänner günstig sei zum Abbau von Mehrstunden. Es war ein Hinweis gewesen. Sie hatte eine Aufforderung gehört.

– Fahren wir weg ein paar Tage, hatte sie gesagt, ich muss ohnehin noch einmal nach Genua, warum nicht jetzt? Ein Weg auf dem Dachstein hatte sie zur alten Wasserleitung der Stadt am Ligurischen Meer geführt und zur Kunst italienischer Steinmaurer. Über Bogenbrücken und Kanäle kam frisches Wasser aus dem Val Bisagno in die entfernte Stadt. Die Steinmaurer waren auch auf der anderen Seite der Alpen geschätzt, bauten Straßen und Wege und hinterließen auf diese Art Spuren, die für die Ewigkeit gedacht schienen. Sie war dem Verlauf der Wasserleitung in die Stadt gefolgt und hatte vor, die noch verbliebenen Reste des Bauwerkes zu fotografieren und über die Wanderung zu berichten.

Genua würde ihm gefallen, hatte sie gedacht. Jetzt war es nicht heiß. Das Meer konnte abweisend sein und die Berge ungemütlich, wenn der Tramontana raste. Aber die Stadt dazwischen leuchtete hell im brennend kalten Wind und der Himmel war blau. Vor dem Wind würden sie sich in die engen Gassen der Altstadt flüchten. Sie würden abtauchen in die Caruggi, zwischen die hohen schmalen Häuser, die sich einander zuneigten, als wollten sie sich berühren. Dort, wo die Sonnenfinger auch im Hochsommer nur für kurze Augenblicke die Schatten teilten, würden sie für ein paar Tage verschwinden im brodelnden Kosmos des Hafenviertels. Sie würden sich verlieren im Stimmengewirr der engen Gassen, aus dem sich Wortfetzen lösten mit afrikanischen, arabischen oder spanischen Färbungen, oder Rufe, deren Sprachen sie nicht kannten und die nicht für sie bestimmt waren. Das ausgetretene Pflaster der Caruggi führte, wenn man nur weit genug ging, in andere Zeiten, bis zu einem Punkt, an dem Vergangenheit, Gegenwart und Zukunft in einer Geschichte zusammenfielen. Einer Geschichte in tausend Sprachen erdacht, erlebt und erzählt. Die Geschichte vom Wegfahren, vom Ankommen und vom Weiterziehen, durch die Wüste, über das Meer, über die Berge. Die Geschichte von der Suche nach dem Ort, an dem es Arbeit gab, an dem es sich gut und in Frieden leben ließ.

Manchmal würden sie den Aufzug nehmen, um aufzutauchen in Castelletto auf dem Monte Albano. Über der ruhigen Landschaft silbern glimmernder Schieferdächer würden sie die Weite des Meeres einatmen.

Es würde ihm gut tun, hatte sie gedacht und versucht, ihn zu überzeugen.

Das Kind hatte Schulpflicht. Er hatte Kontrolltermin und das Konzert. Nach Fortfahren war ihm nicht. Vom Fliegen hatten die Ärzte abgeraten. Die Bahnreise war beschwerlich. Für die Fahrt mit dem Auto wollte er sich mehr Zeit nehmen.

– Es ist nicht das erste Mal, dass du alleine fährst. Hau ab. So kommst wenigstens du aus der Stadt heraus. Es wird dir gut tun.

Sie hatte sofort die Aufforderung gehört. Fahr du für uns.

Sie wollte aufgefordert werden. Sie hielt es nicht mehr aus in der Stadt. In der Wohnung hallten die Wände vom Husten. Wenn sie schwiegen, lösten sie Unruhe aus. Es gab kein Rückzugsgebiet. Medikamentenschachteln stapelten sich auf dem Tisch in der Küche, auf der Ablage im Bad, auf dem Regal im Schlafzimmer. Außerhalb der Wohnung kam sie sich verloren vor und fremd zwischen zufriedenen und gesunden Gesichtern, denen nicht aufzufallen schien, dass dieser Stadt der Himmel abhanden gekommen war. Die Stadt erstickte im Schnee. Trüb sanken Schneeflocken aus dem milchigen Licht. Der Schnee blieb an den Straßenrändern in schmutzigen Salzseen liegen. Ein Seitenwechsel war nicht möglich.

Die Reise nach Genua stand von Anfang an unter keinem guten Stern. Der Zug kam bereits mit Verspätung nach Linz. Bei der Einfahrt der Lokomotive riss auf dem Bahnsteig gegenüber die Oberleitung. Ein Knall, ein Leitungsende pendelte zischend über die Gleise. Bei jeder Berührung mit dem Boden stoben Funken. Brandgeruch lag in der Luft. Sie war alleine auf den Bahnhof gekommen. Sie wollte nicht, dass er sie begleitete, wenn sie ohne ihn fuhr. Sie horchte auf kaum verständliche Durchsagen, versuchte von vorbeihastenden Fahrdienstleitern Auskunft zu erhalten. Niemand wusste, wann es weiterging.

– Der Schaden wird behoben. Wir ersuchen um Verständnis. Wir ersuchen um Geduld.

Einen Augenblick überlegte sie, ihre Tasche zu nehmen, den Bahnsteig zu verlassen und mit dem Taxi nach Hause zu fahren. Oberleitungen rissen nicht jeden Tag. Es war ein Zeichen. Fahr nicht. Fahr nicht. Kehr um. Die Stromleitung zischte und sprühte. Sie nahm ihre Tasche und steuerte die Rolltreppe an. Die Rolltreppe stand still. Sie drehte um und zwängte sich an beunruhigten herausdrängenden Reisenden vorbei auf einen freien Platz. Nach einer Stunde setzte sich der Zug wieder in Bewegung. Ihr Anschlusszug war weg, die Informationsstelle geschlossen und vor dem Fahrkartenschalter eine lange Schlange. Der nächste Zug nach Mailand führte über eine andere Strecke. Sie benötigte neue Karten und hatte Glück im Unglück. In einem Sechserabteil war noch ein Liegewagenplatz frei. Sie wälzte sich unruhig auf der Pritsche, im verdunkelten Abteil versuchte sie zu erraten, welche Bahnhöfe der Zug durchfuhr. *Bin gleich nach der Abfahrt gestrandet. Keine Angst. Komme auf Umweg zum Ziel. Du bist mein Ziel, Geliebter*, tippte sie in das Mobiltelefon. Sie schickte die Nachricht nicht ab. Sie war die Einzige, die nicht schlief. Sie horchte auf das Schlagen der Räder und auf Atemzüge und Seufzer über ihr. Im blauen Nachtlicht blätterte sie im Italienisch-Wörterbuch. Beim Stichwort *Unterwelt* las sie *bassifondi* und *malavita. Inferno* war die Hölle. Das Wort, das sie suchte, fand sie nicht. In Verona wechselte sie in einen vollbesetzten Regionalzug. Müde Pendler dösten ihrer Arbeit zu. Manchmal erhob sich ein Gespräch aus dem Halbdunkel. Träge und kurz. Die Bitte um ein Taschentuch. Die Bemerkung, dass es kalt war im Waggon. Immer war es kalt. Dann stand der Zug auf der Strecke. Flüche wurden laut. Ärgerliche Mitteilungen in Mobiltelefone. Zwei Frauenstimmen begannen eine Unterhaltung. Sie sprachen schnell. Es schien, als redeten sie über Wohnungseinrichtungen, während draußen eine braune Ebene mit durchsichtigen Pappelreihen aus der Dämmerung wuchs. Den Anschlusszug in Mailand hatte sie versäumt. Sie entschloss sich, nicht am Bahnhof auf den nächsten Zug zu warten. In der U-Bahn patrouillierten bewaffnete Männer eines Sonderkommandos. Sie sprachen in Funkgeräte und teilten sich auf die Waggons auf, als der Zug einfuhr. Breitbeinig und mit der Hand auf dem Gewehr musterten sie die Fahrgäste. Ihre Blicke ruhten auch auf ihrem Rucksack. Die Fassade des Doms war hinter einem Baugerüst versteckt. Die Cafés in den Galerien waren noch geschlossen. In einer Selbstbedienungscafeteria bekam sie Kaffee aus dem Pappbecher. Weil sie übernächtigt und unkonzentriert war, bestellte sie *succo di pomodori* statt Apfelsaft. So früh am Morgen verweigerten sich Zunge und Auge der dicklichen roten Flüssigkeit im Glas. Auf der Rückfahrt wurde sie wieder von Bewaffneten im Auge behalten. Erleichtert tauchte sie auf aus dem Untergrund. Auch die Weiterfahrt nach Genua lief nicht nach Fahrplan. Lange stand der Zug in einem Tunnel, fuhr ein Stück an, rollte zurück, fuhr wieder an. Schienen kreischten. Stillstand im Finstern. Niemand, der Auskunft hätte geben können über die Ursache des Aufenthalts. Unmittelbar vor dem Fenster des Abteils die schwarze Wand des Tunnels. Sie konzentrierte sich darauf, ruhig und regelmäßig zu atmen. Sie rief sich das Blau des Ligurischen Meeres vor Augen. Ein kräftig leuchtendes Blau. Von Carignano aus gesehen schob sich die Basilika Santa Maria Assunta ins Bild, mit ochsenblutrotem Anstrich und einem Kuppeldach aus Schiefer, davor die filigran wirkenden Arme der Hafenkräne und das dunkelgraue Band der Mole. Das Meer spannte sich sattblau bis zum Horizont, wo es an die Wand des helleren Himmels stieß. In Boccadasse säumten dicht aneinander gedrängte Häuser in rot, ocker und terracotta die kleine Kiesbucht. Wellen liefen schäumend aus und leckten an den Fischerbooten, während in den nahen Straßenschluchten der Verkehrslärm toste. Unter dem stillen Gipfel des Monte Fasce zog die Stadt über die Hügel die strahlende Bucht entlang. Von den Bergen blendete Schnee und im Westen rollte eine dicke Wolkenbank auf die Stadt zu, um den Himmel vom Meer zu trennen.

Als die Lokomotive endlich Meter für Meter aus dem Tunnel ruckelte, war sie dem Meer nach Sardinien und an die afrikanische Küste ins Smaragdfarbene und Dunkelblaue gefolgt, und als der Zug wieder beschleunigte, steuerte sie die Laterna an, den alten Leuchtturm im Hafen, und staunte über die Stadt vor ihr. Eine pastellfarbene Welle, die hochspritzte an den grünen Hängen der Küstenberge und dann wieder auf die gleißende Platte des Meeres schwappte.

Der Zug hatte beinahe zwei Stunden Verspätung, als er in der Stazione Principe hielt. Es regnete in Strömen. Ein schwerer Himmel warf nasse Schleier auf den Nachmittag. Reifen rauschten auf den Straßen und pflügten mit Fontänen durch die Stadt, die kalt war und grau.

Genua hätte ihm nicht gefallen. Die Stelzenautobahn schnitt lärmend die Altstadt vom Meer ab und köpfte die Palmen im Blickfeld. In den Caruggi patrouillierten Carabinieri, systematisch durchkämmten sie die Altstadt, zu Fuß und mit Motorrädern. Sie fühlte sich nicht sicher, wenn ein Trupp um die Ecke bog. In den Villen auf den Hügeln wachten scharfe Hunde. Kaufleute machten am Abend ihre Geschäfte mit dicken Rollbalken dicht. Das Straßenschild der Piazza Gaetano Alimondo war übermalt worden und erinnert an Carlo Giuliani, einen jungen Demonstranten, der beim G8 Gipfel erschossen wurde. Die Stadt hatte ihre hässlichen Seiten.

Sie hatte ihre Nachricht nicht abgeschickt. Die Mauern, Kanäle und Brücken der alten Wasserleitung hatte sie nicht fotografiert. Eine unsichtbare Wand hatte sich um das Zentrum der Stadt gelegt. Wie in einem Käfig lief sie durch Gässchen, Gassen und Straßen. Mit Aufzug und Standseilbahn fuhr sie auf die Hügel der Stadt. Dann hastete sie bergab über Fußwege und Stiegen dem Hafen zu. Dann war sie wieder unterwegs nach oben, mit großen Schritten, zwei Stufen auf einmal, steuerte sie auf höher gelegene Stadtviertel zu. Sie verschwendete keine Zeit für die Aussicht. Ihr Blick ging ins Leere. Das Gehen war wichtig. Ihr Weg führte sie durch Häuser, die sie im Erdgeschoß betrat und im dritten Stock über Fußgängerbrücken verließ, die wieder zu Hochhäusern führten, bis ein neuer Hang eine andere Ebene vorgab. Eine Unruhe hatte sie erfasst, die sie sich mit dem Wind erklärte, der zerrte und schob und Richtungen vorgab. Der Wind flaute ab. Sie kam nicht zur Ruhe. Sie war ohne Ziel und wusste nicht, was sie trieb.

In den Anrufen nach Hause gab sie sich entspannt.

– Ihr geht mir ab. Wie geht es euch? Wie war das Konzert? Beruhigende Nachrichten von daheim. Es ging ihnen gut. Sie kamen zurecht. Das Konzert ausverkauft. Ein brodelnder Saal. Die Antwort auf Fragen nach Bekannten und alten Freunden machte sie nicht stutzig. Er war nicht viel zum Reden gekommen. In der Pause war er auf der Bühne geblieben, um Kräfte zu schonen. Nachher bald aufgebrochen.

– Das Spielen zehrt doch mehr, als ich dachte, sagte er. Jetzt säßen sie beim Essen, Rindsuppe, die Grießnockerl hätte das Kind gemacht. Sie seien gelungen.

Sie hatte gehört, was sie hören wollte.

Am Morgen zog sie wieder los. Unterwegs trank sie Kaffee im Stehen und verschlang eine Focaccia mit Zwiebeln, *fugassa*, sagte der Bäcker, oder eine

Farinata, *fainá*, einen Fladen aus Kichererbsenmehl. Das reichte für den Tag und für die Nacht, in der sie atemlos ins Bett fiel. Sie schlief sofort ein, traumlos, und das Erwachen am nächsten Tag war wie ein Schlag. Mit jedem Tag stieß sie weiter vor. Den Hafen ließ sie zurück, die Stadtautobahn, Straßen voll knatternder Mopeds und summender Busse. Die Altstadt. Geschäfte, Palazzi, Wohnhäuser. Bewohner.

Auf dem glatt geschliffenen Kopfsteinpflaster der Salita San Simone kam sie zu sich. Ein harter, kurz schwingender Ton hatte sie zum Stehen gebracht. In unmittelbarer Nähe schien eine Saite gerissen. Sie war allein. Die Anspannung ließ nach. Schlagartig. Sie befand sich am Schnittpunkt von Stille und Einsamkeit. Das Netz alter Salzwege und Eselspfade hatte sie aufgefangen. Hohe Steinmauern trennten sie vom übrigen Teil der Stadt. Die Salita San Simone war Teil eines alten Wegesystems. Die Mauern schützten vor Wind und Hitze. Einer eigenen Ordnung folgend verknüpften sich die schmalen und steilen *Creuse* über die Hügel. Früher verwoben sie das Hinterland mit der Stadt, jetzt bildeten sie ein selbständiges Gefüge im Straßennetz. Sie waren nur zu Fuß passierbar, und nur an Kreuzungspunkten war ein Wechsel möglich. Ein Schritt genügte, um wieder vom Sog der Großstadt mitgerissen zu werden.

Staunend befühlte sie die fest gefügten Steine der gewölbten Mauern. Mit der Schuhspitze stieß sie an den Stufenabsatz der steil ansteigenden *Creusa*. Ein Baum warf kahle Schatten auf das Muster aus Ziegeln und Schiefer.

Als sie wieder aufblickte, stand eine alte Frau vor ihr. Sie hielt sich am Handlauf fest und keuchte. Sie trug einen schwarzen Mantel mit Pelzkragen und stützte sich auf einen Stock. Dann begann sie zu reden. Sie verstand die Sprache nicht. Die Umlaute erinnerten an Französisch, manche Worte klangen sperrig nach Latein, dann wieder verschliffen sich Laute und ließen vertrauteres Italienisch ahnen. Die Frau redete mit fragendem Unterton auf sie ein.

Sie zuckte hilflos mit den Schultern.

– Entschuldigung. Ich verstehe nicht.

– Ah, sagte die Frau und sprach dann in betont langsamem Italienisch. Bitte, ich suche die Gasse dei Librai, Vico dei Librai. Können sie mir helfen?

Sie faltete den Stadtplan auf. Ein Vico dei Librai stand nicht im Straßenverzeichnis. Sie zeigte auf die Spalten mit den klein gedruckten Straßennamen. Die Frau hatte kein Interesse, selbst zu lesen. Kalte Finger schoben ihre Hand mit dem Stadtplan zur Seite. Sie stellte wieder eine Frage.

– Was gibt es zu essen? Was gibt er den leeren Bäuchen?

Die Frau blickte erwartungsvoll. Ihr Pelzkragen war schäbig, an manchen Stellen kahl, der Mantel bei den Ärmeln abgestoßen. Sie wusste keine Antwort. Die Frau fuhr fort:

– Etwas zu trinken, etwas zu essen, frittierte Fische, Weißwein aus Portofino, Schafshirn im gleichen Wein, Lasagne mit vier Sugi und Pastete vom Dachhasen in süßsaurer Soß'.

Sie sah sie an und lächelte. Dann schien sie den Speiseplan in der anderen Sprache zu wiederholen.

*Lasagne da fiddià ai quattru tucchi.*

*Paciûgu in aegruduse de lévre de cuppi.*

Die alte Frau sang und klopfte im Takt mit dem Stock auf den Boden.

Die Melodie kam ihr bekannt vor. Sie suchte nach den richtigen Worten, um eine Frage zu stellen.

– Von wem ist dieses Lied? Ich kenne es.

– Woher kommen sie, wohin gehen sie, fragte die Frau, wo ist der Vico dei Librai?

Sie faltete die Karte noch einmal auf. Vielleicht hatte sie im Verzeichnis den Namen übersehen. Sorgfältig las sie die Spalten durch.

– Tut mir leid, sagte sie, hier steht wirklich nichts.

Genova-Zeina las sie auf dem Stadtplan. Jetzt wusste sie. Die Frau sprach genuesischen Dialekt. Das Lied hieß *Creuza de mä*. Saumpfad zum Meer.

– Creuza de mä. Fabrizio de André, sagte sie und blickte auf vom Plan.

Keine Frau. Die *Creusa* hinauf und hinunter nur Steinmauern und Stufen. Sie war allein. Die Frau schien in der Mauer verschwunden zu sein.

Am nächsten Tag machte sie sich wieder auf den Weg. Die gläsernen Wände spürte sie nicht mehr. Mit der Standseilbahn fuhr sie hinauf auf den Righi. Lange schaute sie hinunter zum Meer. Dann auf die andere Seite, wo sich die Stadt den Hang hinunter ins Tal hinein und auf die nächsten Hänge wälzte. Ein Stück wanderte sie die Höhenstraße entlang, immer ein Auge auf die wegführenden Gassen. Sie hielt Ausschau nach dem Kopfsteinpflaster. Zwischen den stillen Steinmauern der *Creuse* wollte sie unsichtbar werden.

Schwierig waren die ersten Schritte. Der Schritt über den Fußabstreifer. Der Schritt über die Zeitungen am Boden. Sie musste sich beim Türstock halten, so unsicher trat sie auf. Dann hatte sie die Haustür erreicht und stand draußen auf der Straße. Die Kälte tat ihr gut. Sie fror nicht mehr. Die Spannung hatte nachgelassen. Das Summen war wieder da. Sie überquerte die Straße und ging an Schule und Sportplatz vorbei auf die Äcker zu, deren schneebedeckte Flächen sich als hellere Flecken in der Dunkelheit abzeichneten. Ein Vorteil dieser Stadt. Wenige Schritte genügten, um von Asphalt auf Waldboden und Wiesen zu wechseln. Die Grenze zwischen Stadt und Land war scharf gezogen und leicht zu überschreiten, sofern man die Übergänge kannte. Er war nie ein Spaziergänger gewesen. Es interessierte ihn nicht, sich nach dem Mittagessen die Beine zu vertreten, um dann wieder bei Nachmittagskuchen und Kaffee zu landen. Er wollte hinaus und hinauf, wo es Überblick gab und Aussicht, seinen Körper spüren und Strecken zurücklegen, die auch auf Karten mit größeren Maßstäben zu erkennen waren. Solange es seine Kräfte zuließen, gingen sie diesen Weg aus der Stadt hinaus durch den Wald über die Wiese auf den Hausberg mit der Wallfahrtskirche. Dann war das Ziel die Bank unter der Doppelfichte am Rande der Wiese. Zuletzt ersparten sie sich auch das letzte Stück Steigung und nahmen die Abkürzung durch die Wiesen des Priesterseminars. Um Ruhe zu haben, gingen sie in der Nacht.

Alleine hatte sie Schwierigkeiten, das richtige Tempo zu finden. Sie war schnell gegangen. Das Herz klopfte bis zum Hals. Rollsplitt lag auf der Straße und am Straßenrand Eis. Sie spürte es als rutschige Unebenheit unter ihren Schuhsohlen. Die Stadt war längst erwacht oder hatte sich die Nacht über ohnehin nur in einem unruhigen Halbschlaf befunden. Ein unablässiges Rauschen drang aus der

Dunkelheit. Und die Dunkelheit täuschte. Sie war durchsetzt von einem zähen Lichtnebel, der die klare Sicht auf den Himmel nahm. Als unruhiger Schein lag er über der Stadt.

Die Straße endete im Wasserwald bei der Einfassung mehrerer Quellen. Der Weg durch den Wald war nicht geräumt. Schnee krachte unter der Last der Schuhe. Als Kind hatte sie in diesem Wald oft gespielt. Zwischen den Wurzeln der Fichten war aus Rinden und Zapfen verdichteter Flachbau entstanden, ein Unterstand für Tiere mit schuppigem Zapfenleib und für Plastikindianer aus der Packung des Malzkaffees. Wenn sie die Erinnerung nicht trog, hatte sie damals Heidelbeeren in weiße Milchbecher gepflückt. Die Heidelbeeren hatte sie vor Augen. Sie waren klein und schmeckten säuerlich. Die Sträucher waren verschwunden. Dichte Brombeerranken säumten den Waldrand. Sie zerkratzten Waden und rissen an Hosenbeinen, wenn sie zu nahe kamen. Der Pfiff der Trillerpfeife war das Zeichen der Horttante für den Abmarsch nach Hause.

Sie war in den Bus der Linie 12 eingestiegen und nach Norden gefahren. Die Stadt hatte die Herausforderung der geografischen Lage angenommen. Die Autobahn durchbohrte den Fels. Über die Anhöhen schlängelte sich die Befestigungsmauer und erzählte vom Anachronismus befestigter Grenzen. Eine Bogenbrücke der alten Wasserleitung überspannte zweistöckig den Taleinschnitt und verlor sich in Mauerresten an den Hängen.

In Staglieno hatte sie den Bus verlassen. Sie spielte mit dem Gedanken, dem Weg der Wasserleitung zu folgen. Stattdessen kaufte sie bei einem der vielen Blumenstände eine Nelke und steuerte das große Eingangstor des städtischen Friedhofs an. Bereits im ersten Säulengang bereute sie ihren Entschluss. Sie hatte kein gutes Gefühl. Zwischen den Grabmälern, Sarkophagen und Statuen kam sie sich vor wie eine Verräterin. Eine Wortbrüchige. Er hatte nichts übrig für Friedhöfe in fremden Städten. Er sah nicht ein, warum er sich in den Ferien Friedhöfe anschauen sollte. Für sie war der Friedhof Bestandteil der Stadt, in der sie sich aufhielt. Der Umgang mit den Toten gab Auskunft über die Lebenden und über die Atmosphäre einer Stadt. Er empfand als Voyeurismus, was für sie Interesse an Alltagskultur war. Sie ließ sich Friedhofsbesuche in anderen Städten nicht ausreden. Manchmal begleitete er sie.

Jetzt war es anders. Sie wollte die verbliebenen Mauerwerke des Aquädukt fotografieren. Deswegen war sie hier. Der Besuch in der Totenstadt kam ihr vor wie ein leichtfertiger Spaziergang auf unsicherem Eis. Die lebensgroßen Engel und halbbekleideten Statuen auf dem Cimitero di Staglieno wirkten mit den genau ausgearbeiteten Flügeln, der bis ins kleinste Detail dargestellten Kleidung und den erotischen Anspielungen mitunter komisch. Ein hilfloser Versuch, Schmerz und Trauer in harten Stein zu meißeln, dem Abstrakten und Unfassbaren konkrete Form zu geben. Im Tod waren auch in Genua nicht alle Menschen gleich. Die Reichen lagen in villenähnlichen Grüften an den Hängen zwischen Palmen, Kiefern und Maronibäumen oder unter monumentalen Grabmälern, wie im Leben hatten sie ihre eigenen Vierteln. Alle anderen rückten zusammen in Kolumbarien, auf Gräberfeldern und in übereinander angeordneten Sargnischen.

Sie hatte kein gutes Gefühl. Sie kehrte nicht um. Sie ging weiter über die große Treppe hinauf. Bei jeder Stufe schien sie eine Spur kleiner zu werden. Es zog sie zum oberen Bogengang, zum Grabmal der Familie Oneto, zum Engel des Bildhauers Giulio Monteverde. Ein großer Engel stand vor dem Sarkophag. Die Arme vor der Brust verschränkt, einen Stock in der Hand, große Federflügel. Der Engel hatte das Gesicht einer jungen Frau, Stoppellocken unterstrichen die kindlichen Züge des Gesichts. Trotz, Trauer und Schmerz las sie darin. Ein unnahbarer Engel, der sich zwischen Lebende und Tote gestellt hatte. Ein Engel, dem seine Aufgabe nicht leicht fiel. Es gab viele, die Trost fanden, wenn sie an Engel dachten. Sie erinnerte sich an ein

Märchen. Es war ein trauriges Märchen, weil darin ein Kind starb. Der Engel nahm das Kind in seine Arme und flog mit ihm in den Himmel. Als Kind war sie enttäuscht und verstört. Diese Geschichte ging nicht gut aus. Das kranke Kind hätte wieder gesund werden müssen. Vom Himmel und seinen Engeln hatte sie keine Vorstellungen. Sie vermutete nur, dass die Flügel der Engel nach Mottenpulver rochen. Sie wusste nicht, wo sie Trost finden konnte. Lange stand sie vor dem Engel. Gerne hätte sie sich ihm an die Brust geworfen. Aber der Engel breitete seine Flügel und Arme nicht aus. Er blieb eine Skulptur aus weißem Marmor mit einer Staubschicht auf Kopf und Armen. Von diesem Spiel der Schattierungen ging das Leuchten aus, das den Engel umspielte, als sei ein Scheinwerfer auf ihn gerichtet.

Auf dem Rückweg ging sie zum Grab des Liedermachers und steckte die Nelke in die Vase. Auch andere hatten an diesem Tag bereits Blumen gebracht. *Ciao Fabrizio. Ciao amico fragile. Grazie Fabrizio* hatte jemand auf ein Plakat geschrieben und darunter ein Zitat aus einem seiner Lieder.

*dai diamanti non nasce niente*
*dal letame nascono i fior*
*aus Diamanten wächst nichts*
*aus dem Mist wachsen Blumen*

Ein einziges Konzert hatte der Liedermacher in Österreich gegeben. Sie hatte es versäumt. Sie hatte ihn nie live gesehen. Sie war bei seiner Verabschiedung gewesen. Ihr erster Aufenthalt in Genua. Ein Jännertag. Sie war erstaunt, wie kalt es am Mittelmeer sein konnte. Tausende Menschen drängten aus den Gassen auf den Platz der Auferstehungsbasilika. Tausende Menschen harrten aus zum stillen letzten Gruß. Ernstes Schweigen lag über dem Platz, als der Sarg aus der Kirche getragen wurde. Die Stimme des Liedermachers war verstummt. Fabrizio de André war an Lungenkrebs gestorben. Die Krankheit – ein weiteres Scharmützel in seinem Leben, mehr nicht, ließ er einen Reporter wissen.

Am Rand der Wiese blieb sie stehen, um zu verschnaufen. Auf ihrem Weg auf den Berg hatten sie sich oft darüber unterhalten, was bleiben würde. Die Zeit der Liedermacher war vorbei. Sie war aufgelodert wie ein Strohfeuer, dann war es wieder aus. Hier gab es keine Tradition, in Liedern von der Arbeit und vom Leben zu erzählen. Geschichten dieser Art waren nicht üblich. Schon gar nicht in poetischen Texten. Lieder im Dialekt hatten dumpf, derb, spaßig oder schmalzig zu sein. Die einzige Liedermacheranthologie, die herausgegeben wurde, hatte ihren Blick aus Wien und Niederösterreich nicht hinausgerichtet. Er kam nicht vor. Er hatte eine andere Erklärung als die der Herkunft. Er sei ein Liedermacher, der auch Gitarre spielen könne, und falle deswegen aus der Definition österreichischer Liedermacher heraus. Mit seiner Platte war er nicht zufrieden. Zudem war sie vergriffen. Für den öffentlichen Rundfunk existierte er nicht. Ein Beitrag für eine Jugendsendung im Fernsehen war vorbereitet worden. Stundenlang wurde gefilmt, der Beitrag nie gesendet. Zwei seiner Lieder waren in Liederbüchern der sozialistischen Jugend abgedruckt, mit dem Vermerk: Autor unbekannt. Strophen eines anderen Liedes tauchten, ebenfalls ohne Hinweis auf den Autor, auf Partezetteln und in Grabreden auf. Es ging in diesem Lied um Zusammenhalt und die Freude am Leben. Von der Musik konnte er nicht leben. Das war für ihn kein Grund, aufzuhören. Auch außerhalb des Marktes gab es Nachfrage. Was blieb: Schachteln mit Kassetten und Tonbändern, Texthefte, einige Masterbänder in den Studios, Videoaufnahmen von Konzerten und Mitschnitte. Was bleiben musste, war die Erinnerung.

Der Himmel über ihr war klar. Zwei Sterne blinkten hell. Sie versuchte das Sternbild zu orten, zu dem sie gehörten. Aus unscharfen Nebeln lösten sich Lichter. Ihre Augen tränten. Sie sah weiter in den Himmel, bis das Firmament strahlend zu zerfließen begann. Sterne tropften ihr auf Wangen und Schläfen. Ihr Gesicht hielt sie dem Himmel hin, bis es nass war. Sie hörte das Schluchzen. Der Damm war gebrochen. Der Druck ließ nach. Sie hatte einen Luftzug gespürt. Es musste einen Ausgang geben aus dem Schacht.

Der Menschenfisch fiel ihr ein, der mit den Wassern an die Oberfläche gespült wurde. Ein brennendes Sternenhemd legte sich auf seine rosa Haut.

In den Wald hinein führte der Weg zur Quelle. Ein rotes Licht flackerte zwischen den Bäumen. Die Quelle entsprang unterhalb des Weges am Fuß einer Grotte. Dort hatte jemand eine Madonnenstatue aufgestellt. Das Wasser schmeckte bitter und weich. Man sagte ihm Heilkraft nach. Der Weg über die Wiese führte zum Kreuzweg, auf dem sich die Wallfahrer zur Kirche am Berg hinbeteten. Sie entschloss sich, den Waldrand entlang bergauf zu gehen. Gläubige hatten es leichter. Alles war geregelt. Der Verstorbene kam in den Himmel in Gottes Obhut. Sie verstand die Eile nicht, mit der die Verstorbenen den Zurückgebliebenen entrissen wurden. Wenige Sätze wurden bei einem christlichen Begräbnis der Persönlichkeit des Verstorbenen gewidmet. Dann musste losgelassen werden. Der Tote wurde übergeben und auf den Weg geschickt und Angehörige blieben zurück mit den dürren Worten des Geistlichen und sollten Zuversicht in Gebeten finden. Am Urnenfriedhof, bei den Begräbnissen ohne christlichen Ritus, war es umgekehrt. Es war wichtig, möglichst viel von den Verstorbenen zu behalten. Es gab kein Jenseits. Es gab nur die Erinnerung an die Verstorbenen. Und die Energie, die aus der Erinnerung an sie und an gemeinsam Erlebtes entstand. Diese Energie blieb. Vielleicht existierte das Wegenetz der *Creuse* auch in anderen Bereichen. Im Netzwerk der Erinnerung. Wege, die nicht alle benützen konnten, und abgeschirmt von hohen Mauern bildeten sie ihr eigenes System, unabhängig von anderen Verkehrswegen. Aber an den Kreuzungspunkten gab es Austausch und Begegnung.

Sie hatte die Streuobstwiese im steilsten Bereich des Hanges erreicht. Gleich war sie am Ziel. Hinter dem Pfenningberg hatte sich Tageslicht aufgemacht. Die Donau verlor sich rosig in der Ebene. In der Stadt unter ihr trug sie noch das blaue Licht des Kunstmuseums als leichten Schimmer. Da unten in der Stadt schlief das Kind in seinem Bett. Auf der anderen Seite der Donau lag er. Ob noch im Bett der Abstellkammer oder im Keller oder im Kühlraum – sie wusste es nicht.

Es war gut, dass es viele Bilder gab.

Sie würde ein Foto wählen, auf dem er nicht deutlich zu erkennen war. Eine Schwarzweißaufnahme mit Blitz und langer Belichtungszeit. Ein Porträt. Die eine Hälfte des Gesichts im Schatten, ganz nah bei den Saiten der Gitarre, die Hand im Schwung der Bewegung und leuchtende Bünde, die über den Steg hinaus ins Schwarze zogen.

Bam, bam, babababambam. Ohne ihr Zutun hatte sich die Melodie leise von den Lippen gelöst. Der Gedanke an den Tod löschte Erinnerungen an Stimmungen nicht aus. Eine warme Nacht. Junikäfer zogen Schleifen und sprenkelten den Boden mit grüngelbem Licht. Eng umschlungen gingen sie durch den Wald nach Hause. Sie gingen schnell und im Gleichschritt. Er nahm sie um die Schulter. Es war dunkel. Manchmal lagen Steine auf dem Weg, die sie zur Seite kickten. Sie waren bestrebt, dabei nicht aus dem Takt zu kommen. Bam, bam, babababambam. Im Gehen war die Melodie entstanden auf dem kurzen Stück durch den Wald. So selbstverständlich war das Flüsterlied plötzlich da, dass beide lachen mussten.

Dann hatten sie die Straße gequert. Er ließ sie los. Sie suchte den Wohnungsschlüssel. Ein Gespräch über Kartoffelsorten kam auf. Mehlig, speckig, festkochend.

Sie spürte noch, dass ihr linker Fuß keinen Halt fand. Unter dem Schnee war eine Eisplatte. Sie versuchte wieder ins Gleichgewicht zu kommen. Stattdessen rutschte sie aus, stürzte und glitt und kollerte zwischen den schwarzen Apfelbäumen den Hang hinunter. Auf dem Bauch blieb sie liegen. Kalt lag das Gesicht im Schnee. Sie spürte keinen Schmerz. Die Arme ließen sich bewegen und die Beine. Sie hatte sich nicht verletzt. Ein paar blaue Flecken vielleicht. Der Handrücken war aufgeschürft. Sie schüttelte sich den Schnee aus den Kleidern und die Erde. Sie schaute nach oben. Eine dunkle Bahn zog sich über die helle Wiese. Es war nichts passiert. Bei der Busstation wartete eine Frau auf den Autobus. Sie trat von einem Bein auf das andere. Die Hände hatte sie in den Taschen ihres Mantels vergraben. Im Zwielicht blickte sie der Frau entgegen. Sie hatte keinen Schatten mehr.

Vorsichtig trat sie auf.

# *Inhalt*

Schluckloch 5

Schatten 38

Fledermaus 75

Schacht 102